웃긴 게 뭔지 아세요

웃긴 게 뭔지 아세요

한재범 시집

창비

차
례

008　　　□□□□□

009　　　승강기

012　　　유니폼

014　　　유원지

016　　　커피는 검다

018　　　웃긴 게 뭔지 아세요

021　　　기호와 기후

024　　　삼다수

026　　　불성실

028　　　내가 그리지 않은 산수화

030　　　선생

032　　　연습생

034　　　나는 내일까지

036　　　없는 게 없는

037　　　소모품

040　　　휴양지

042　　　나눠 먹기 좋은

044　　　다회용

046　　　박물과 나

047   부활 금지

050   사월이 좋아

052   무인 카페

055   코끼리 코에 달린 코끼리

058   계속

060   레디믹스트콘크리트

062   딴짓을 하자

064   놓고 온 기분

066   소재지

068   아직 여기

070   수원지

071   홈

074   사거리

076   많은 나의 거북이

078   비생산

080   보안 크르키치의 잠재력

084   머지않은 돌

086   소화

088   잘하는 집

090   사냥용 별장

093   너무 많은 나무

096   저수지의 목록

102   대못

104   나는 내일부터

107   무림의 은둔 고수 나 김정배

110   지난 주말

112   직물과 작물

114   처음 먹는 옛날 빙수

116   밀레니엄 베이비

118   나의 소책자 속 영혼

122   재건축

124   해설 | 최다영

143   시인의 말

□□□□□

　손 앞에 종이 상자가 있다 어제는 종이 상자가 필요했는
데 종이 상자는 이만원 이상 무료 배송이었다 어제 종이 상
자를 주문했는데 종이 상자는 아직 오지 않았다

　손 앞에 종이 상자가 있다

승강기

처음 들어가본 건물이다
매일 보던 얼굴인데

승강기 조명 아래서 마주치는 나는 새것 같다 버튼을 누
르면 지상과 다른 곳에 도착하도록 설계된 이것

승강기에 낡은 버튼이 많다
내가 누른 것은 새 곳이 아니고

좋은 곳도 아니다

갈 수 없는 곳에 갈 수 있게 하는 버튼은 승강기에 없다 방
금 누른 버튼에 흉터처럼 붉은 빛이 들고

승강기를 타면 괜히
착해지는 기분이 싫어진다

문이 닫히는 동안에도
닫힘 버튼을 누르는 사람처럼

건강을 위해선 승강기 대신 계단을 오르라 들었다 나는
재촉하며 버튼을 누른다 다시 눌러도 꺼지지 않는 빛을

이런다고 내가 빨리
망하는 것도 아니지만

승강기에서는 달리 할 게 없다 안전을 위해 주머니에 손
넣고 서서 지금이 어디쯤인지 확인하는 것 말고는

승강기를 타면 괜히
전생과 화해하고 싶어지고

F층에 도달하자 아까와 같은 문이 열린다 여기가 대체 어
디죠 묻는 사람도 내리는 사람도 없는 이것에

"승강기가 이동하는 중에는 움직이지 마세요"
주의 사항만이 남고

잠시만요 좀 잡아주세요
멀리서 뛰어오는 소리
보이지 않는 몸으로

유니폼

　나는 유니폼을 입는다 유니폼이 자연스럽다 자연을 입은
듯 익숙하다 나는 풍경처럼 흔들린다 짝다리 짚으며 어서
오세요 한다 풍경화처럼 보기 편한 그림이다

　아주 자연스러운 옷이다 이 옷은 겨울옷도 되고 여름옷도
된다 계절은 순환되고 유니폼은 반복된다 매일 입는 이것은
이제 나 같다 유니폼 바깥의 나는 나 같지 않다

　나는 유니폼을 입는다 유니폼이 내게 어울린다 나는 겨울
에도 있고 여름에도 있다 유니폼 안에서 자유롭다 울타리
안에서 양을 모는 목양견 같은 그림이다

　목양견은 그림을 벗어나지 않고 울타리를 벗어나지 않고
끝내 목양견을 벗어난다 나는 벗어나지 않는다 남들 앞에서
옷을 벗는 그런 사람은 아니다 나는 그런 게 될 수 없고

　내가 아닌 몸을 부러워하지 않는다 저런 몸을 갖고 싶다
생각하지 않는다 나는 유니폼을 입는다 유니폼 안에서 나는
유일하다 유니폼은 일정하고 내게 자연스럽기에

유니폼을 입고 집까지 간 적도 있다 사장님은 내게 불만
이 있으면 말을 하라고 한다 저는 정말 없어요 사장님 저는
이미 충분해요 바깥의 유니폼이 말한다

유원지

"이 기구는 최대 백오십 킬로그램까지 탑승 가능하도록 설계되었습니다" 팻말 뒤에 놓인

놀이기구를 탔다 백오십 킬로그램을 넘지 않아 다행이야 생각을 굳이 몸 밖으로 꺼내지 않았다

끌어당기는 힘이 대단했다 놀이기구를 타는 동안 몸은 계속해서 놀이기구를 벗어나려고 했는데

영혼이 자꾸만 내 몸을 벗어나려고 하듯

이것은 재미를 발생시키기 적합한 놀이

놀이를 벗어나지 못한 몸이 비명을 질렀다 유원지의 사람들을 모두 끌어모으기 충분한 힘으로

몸이 마음대로 되지 않았다 기구는 움직일 때마다 낡은 소리를 냈다 안전바는 뻑뻑했다 몸에 잘 맞지 않아

마음에 들지 않는 몸처럼

안전했다 내가 나라는 사실을 자꾸만 일깨워주었다 나를
벗어날 수 없다는 걸

알게 해주는 놀이였다 놀이기구에서 내리는 순간 나를 끌
어당기는 힘이 느껴졌고

놀이기구를 타지 않은 몸이 어색했다 놀이기구를 또 타고
싶었지만 반복은 지루하고

반복은 안정적이다 그래서 놀이기구를 벗어났다 팻말을
들고 진상을 규명하라는 사람을 지나

무언가에 열심인 이들 사이를 걸었다 망하라는 주문을 따
라 외웠다 출구 앞에서 출구를 찾아 한참 헤맸다

아무것도 들지 않은 몸이 걸을 때마다 소리를 냈고

내게 남은 다음 생이 더는 없길 바랐다

커피는 검다

커피는 검다 안이 보이지 않는다 개미가 날아다닌다 보이지 않는다 개미는 검다 커피를 마신다 잠이 오지 않아서 창밖은 검다 잠긴 핸드폰 화면 속 '잘 자'라는 문자에 답하지 않는다 들여다보지 않는다 나는 자고 있으므로

오늘 밤은 유독 적막하다 진동이 울리고 화면이 흔들린다 '초미세먼지 경보' 안에 있어 다행이구나 깨진 유리잔처럼 엎질러진 밤 커피가 마르지 않는다 오늘 일은 오늘까지 끝내야 한다 졸려 죽을 것 같지만

잠은 죽어서 자야지 어제도 이러다 잠들었던가 눈을 떴을 때 창밖의 공사장은 다시 채워져 있었다 밤새 놓인 커피가 그대로였다 깊고 비좁은 방 안 쌓는 소리 무너뜨리는 소리 구별할 수 없다 먼지가 가득해

내 안은 검다 시커먼 잠이 점점 쏟아져서 어제 마신 커피를 마신다 오늘은 아무것도 먹지 않았는데 개미가 늘어난다 방 안에서 아무것도 죽이지 않았는데 나는 종일 배가 부르다 먼지를 게우기 위해 암막 커튼을 걷는다

밤이 보이지 않는다 방은 검다 바닥이 보이지 않는다 거기 개미가 날아다닌다 커피를 휘젓듯이 검은 화면을 두드린다 '잘 자'라는 문자가 오지 않는다 내 위로 개미가 쏟아진다 창이 보이지 않는다 창밖은 검다

웃긴 게 뭔지 아세요

　몽키 바나나 아세요? 지금 내 앞에 놓인 이것은 일주일 간격으로 새로 들어온다고 한다 헬스장에서도 쓰이고 피시방에서도 쓰이고 학교나 집에서도 쓰이는 것이다 마트에서도 파는데 우리는 동물원에 갔다 네가 침팬지를 보고 싶다고 해서 너의 손을 잡고 동물원 우리 사이를 걸었다 사람과 침팬지의 유전자는 거의 일치한대요 여기 오지 않아도 됐다는 말을 네가 알아듣지 못하게 했다 우리는 일주일에 한번은 꼭 만났다 그렇게 정한 적은 없지만 우리가 무슨 사이인지 우리가 알 필요는 없었다 동물원은 거의 식물원이나 다름없었다 녹음이 우거지고 철창 너머로 거름 냄새가 났다 시체 썩은 내나 다름없네요 네가 말했는데

　우리 안에 동물이 한마리도 없었다 여긴 꼭 버려진 것 같네 우리는 분명 동물원을 걷고 있었는데 너는 상관없다고 했다 우리는 계속 걸었다 우리 안에서 바나나를 까먹는 침팬지를 만날 순 없었지만 거대한 담장 안을 빙빙 돌았다 걸을수록 기억에도 없는 옛 시절로 돌아온 기분이 들었는데 우리 밖에 바나나 껍질이 버려져 있었다 몽키 바나나 아세요? 그거 같은데 원숭이가 먹는 바나나요 그런 웃긴 이름도

있군요 그건 사람의 것이 분명해 보였다 어떤 사람도 마주치지 않았지만 다음 주에는 정말 동물원에 가요 벌써 마트 문 닫을 시간이네 이제 그만 나갈까요

어쩌면 침팬지보다 바나나를 좋아하는 너에게 바나나 생과일주스를 사주고 마트에 들렀다 정육 코너 옆 신선 코너에는 바나나가 탐스럽게 놓여 있었다 바나나를 향해 손을 뻗는데 누군가 가로막았다 웃긴 게 뭔지 아세요? 바나나와 사람은 절반이나 같아요 사람의 말을 나는 가끔 이해하지 못했다 그럼 이거 안 신선한 거예요? 글쎄요 무엇을 감췄는지 모를 얼굴로 그는 말했다 아까까진 신선해 보였는데 바나나 껍질에서 바나나 냄새가 났다 저도 아까까지 정말 웃겼거든요 이제는 안 웃기지만 근데 저 아세요? 그를 어디서 또 본 것 같았다 먼 친척을 닮았나 그냥 평범한 얼굴인데 그가 웃는 얼굴은 왠지 상상하기 어려웠다 여긴 바나나가 사람만큼 많네요

그게 무슨 말이지 나는 가끔 내 말도 이해하지 못했다 하나의 바나나 줄기에선 바나나가 여럿 자라니까요 그의 이름

도 알지 못했지만 우리에게서 같은 냄새가 났다 벌써 문 닫을 시간이네 이러다 여기 갇히겠어요 이제 그만 나갈까요 바나나를 도로 신선 코너에 놓았는데 내 손을 잡고 있던 네가 없다 우리가 아니었구나 그래도 상관은 없다 나는 내 앞에 놓인 바나나 생과일주스를 쥔다 껍질을 까지 않아도 바나나는 거기 있다 두개 이상의 바나나가 들어간 음료다 빨대를 빙빙 돌려 그것을 섞는데 우리 밖에 침팬지가 나와 있다 몽키 바나나 아세요? 사람이 만든 건데 컵 안에 갈린 바나나가 절반 채워져 있다 나의 손이 그것을 둘러싼다 바나나 냄새는 나지 않는다

기호와 기후

집은 살기 위한 기계다
──르코르뷔지에

그는 중고 피아노를 샀다 피아노는 혼자 들기 벅차야 했다 운송장에 주소를 적었다 주소지는 실거주지여야 했다 서명과 함께 말을 덧붙였다 젖지 않았으면 해요

창문을 두드리는 빗줄기 장마가 되겠구나 그는 젖은 채 돌아와 생각했고 방은 이미 무언가 가득했다 더는 담을 수 없겠구나 그는 빗소리의 리듬이 불규칙이라 편했다

그는 불성실하지만 기계를 다룰 줄 알았다 그가 불성실해서 방은 곳곳이 아팠다 그는 자신의 심박동이 불편했다 자주 주먹으로 가슴을 두드렸다 차라리

스위치가 달렸으면 좋겠다고
생각했다

다섯평 풀 옵션 원룸엔 스위치가 별로 없다 옆집 사람은 작은 소음에도 벽을 두드렸다 고장난 기계를 두드리듯 신경

질적으로 두드린다고 기계가 고쳐지는 것은 아닌데

  두드릴수록 벽은
  벽이 되지
  다른 게 되지는 않는다

  피아노는 바로 오지 않는다 크고 정교한 기계는 그렇다
스위치 비슷한 게 많이 달려 있지만 스위치는 없다 그는 피
아노를 다룰 줄 모른다 그래서 중고 피아노를 샀고

  그는 자신을 다룰 줄 알았다 가슴을 두드리며 사장의 말
을 떠올렸다 그렇게 쉽게 고장나지는 않아요 중고 피아노는
그래야 했다 누군가 이미 쓴 것이지만

  누군지 알 수 없다 비가 멈추지 않는다 누군가의 옆집 사
람처럼 그는 계속 두드린다 그가 아직 그에게 오고 있다 그
전에도 누군가 살았던 그의 집으로 그의 벽을 두드리고

  두드릴수록

고장난 기계는
더
고장난 기계가
될 뿐인데

삼다수

그의 집에 있는 물은 삼다수다 그는 이야기하고 나는 침을 삼킨다 삼다수가 아닌 물이다 그는 꼭 삼다수만 마신다고 한다 나는 모든 물이 다 똑같은데

삼다수는 맛이 있다고 한다 나는 물맛도 모르는데 지금도 살아 있다 말라 죽지 않았고 지금 카페에 앉아 있다 그의 말에 따르면 삼다수는 혁신적인 음료수다

아까 씻은 몸이 벌써 건조하다 바깥 날씨를 보고 입을 속옷을 골랐는데 나갈 때 버릴 건강보험료 고지서를 챙겼는데 분리수거장에는 벗겨진 페트병이 많았다

거기 삼다수가 있었나 생각하는 동안 그가 떠든다 그의 목이 말라가는 동안 내가 입고 온 속옷은 옷 속에 잘 있다 카페에는 마실 게 많은데 그는 아니다

사람의 몸은 대부분 물로 이루어져 있다던데 콘크리트 벽에서 물소리가 들린다 삼다수는 아니다 전국적인 가뭄이 한창이라던데 창밖에는 사람이 많고

집에서 세탁기가 돌아간다 내가 사라진 자리에서 깨끗해
지는 소리가 난다 그가 내 앞에서 물을 흘린다 그가 아닌 물
이다 아무리 삼켜도 줄지 않는

불성실

팔월 팔일 고양이의 날 나의 개와 함께 산책한다

너 자꾸 그러면 안 돼 말 잘 들어야지? 너는 자꾸만 개를 너라고 부른다

나는 자주 내가 개 같은데 나를 참을 수 없는데

개와 남처럼 걷는다 이러니까 좋다

두 발로 뛰다가도 네 발로 걷게 되는 팔월 팔일 날씨가 참 너 같다

너는 집에서 집을 지키고 있는데 개는 산책을 한다 해도 될 일인가 고민하지 않고

산책을 한다 산책은 나를 떠나는 일

집에서 빗소리가 들린다 젖지 않았는데 이미 젖어 있다 내가 쥔 우산이 너의 우산 같은데

다시 보니 나의 우산 같기도 하다

개는 개지만 너여도 되고 나여도 된다 고양이여도 되고
심지어 나뭇가지여도

개는 나를 쥐고 돌아온다 멀리 버렸는데도

집으로 돌아오는 성실한 개처럼 산책은 내게로 돌아오는
일 이러니까 너는 좋아하는구나

다음 팔월 팔일에도 너의 개와 함께 돌아올 수 있을까

나는 나까지 좋아할 수는 없는데

내가 그리지 않은 산수화

화가 모자를 샀다 풍경화 모임에 가기 위해서 화가 모자가 뭔데? 쌓인 화가 많은 장이 말했다 화가들이 쓸 것 같은 모자 어제는 하체운동을 오늘은 상체운동을 할 예정인 동이 말했다 모임 장소는 산 중턱이고

산수화를 그리기 위해서다 그건 또 뭔데? 월세가 밀린 준이 말했다 등산화를 신자고 케이블카를 타자고 그러면 알거라고 내가 말했다 그러면 내 발아래 내가 그리지 않은 산수화가 이미 아름다울 거고

산모기에게 피를 뜯겼다 피를 보지 못했는데 통각이 둥글게 부풀어 오른다 산모기를 보지 못했는데 피가 빠져나간 자리가 간지럽다 산모기는 옷을 뚫고 나를 뚫고 피를 빤다 산모기에게 물리기 전까지

여기가 산이라는 것을 전혀 몰랐는데 피를 빨린 곳에 피가 몰린다 풍경화 모임을 만든 사람은 나다 내가 만든 이후로 모임은 한번도 모이지 않았다 뱃사공이 많았으면 차라리 산이라도 갔을 텐데

내 피 위에 내가 그리지 않은 산수화가 자라나서 내가 없어도 모임은 계속될 것이다 물린 자국이 산보다 높이 솟아나서 부르지 않아도 잘 있을 것이다 내가 없는 것이 더 자연스러운 산처럼

　빠져나간 자리가 간지러워서
　산이 나를 긁어내는 동안

　내야 했던 돈을 내고
　둥글게 앉아
　너희는 그림을 그린다

선생

　한국에서는 존경하는 사람이나 모르는 사이인 어른을 선
생이라고 부릅니다 외국의 선생에게 나는 말했다

　흰머리의 내국인이 검은 머리의 외국인에게
　무슨 뜻이냐고 물었는데

　먼저 태어났다는 뜻입니다
　하지 않고
　미워한다는 뜻입니다

　한국에 한번 가보고 싶다고 언젠가 선생은 말했다 오세요
좋은 나라입니다 한국 나이를 들으면 이제까지의 나는 어렸
구나 깨달을 거예요 작고 귀여운 나의 나라에 오면

　선생을 모르게 될 거예요

　선생의 자식을 본 적 있다 선생이 건넨 낡은 사진 속 얼굴
은 선생과 아주 흡사했는데

선생 자신이거나
선생의 부모라고 해도
믿을 것 같았는데

사진 속 그의 모습은 내 또래였다 그러나 선생은 그를 일
찍 낳았다면 나만 한 손자가 있었을 거라고 했다

있지도 않은 사람과 나는
아는 사이가 되고

사진 속 얼굴과 다시 마주쳤다 선생들이 많은 흔한 거리
의 장면 속에서

내 아이는 자라서
나를 미워하는 사람이 될 거예요

나는 나의 모국어로 자신 있게 속삭였다

연습생

그는 연습장처럼 눕는다 거기 어제 그린 토끼는 없다 그는 연습장에 그렸다 내가 어제 그린 토끼를 그는 마음에 들어 했다 지워지지 않았으면 해요 어제 나를 찾아와 그렇게 말했다 하지만 도무지 보이지 않는다

연습장 바깥에 그린 토끼가

나는 그려야 하는데 작업대 위에 그가 펼쳐져 있는데 좋아요 살려내봅시다 심폐소생술을 하듯 보이지 않는 토끼 위에 손을 올린다 거기도 심장이 있나요 그럼요 그런 건 보이지 않아도 다 있으니까요

아프지는 않으세요 꼭 아파야 하나요 그는 어제도 그랬다 어쩔 땐 저를 뜯어버리고 싶어요 새 페이지가 필요해요 그는 어제도 오늘과 같은 몸이었다 어쩔 수 없이 맥박이 뛰었고 그 위에 토끼를 그렸는데

어제는 무엇을 하셨나요 방 안에 잘 있었습니다 생채기 하나 없는 몸을 어제의 나는 들여다보았다 토끼는 자신보다 더 많은 굴을 판대요 아주 영리하군요 자기 간도 빼내 숨겨 놓는다잖아요 살기 위해서죠 자주 연고를 발라두세요

나보다 오래 머물 자리 위에

당분간 금주하시고 격렬한 운동도 하지 마세요 뛰지 말고

걷고 숨 쉬고 살아 있고 딱 거기까지만 언젠가 분명 그렇게
말했는데 그의 몸에는 빈자리가 너무 많다 어제의 굴과 오
늘의 굴 사이에 맥박이 뛰고

　잠시 쉴까요

　그렇게도 말했다 그뒤로 그는 돌아오지 않는다 문이 없어
서 자꾸만 문이 열리는 방 안 나는 기다린다 나의 둘도 없는
연습장과 함께 숨을 쉬고 뱉고 살아 있다 하지만 어떻게 그
럴 수 있죠 언젠가 그는 말했다 보이지 않으니까 믿을 수 있
어요 분명할 거예요

나는 내일까지

난 내가 너무 무거워 언젠가 요다는 말했다 요다는 다이
어트 중이고 요다는 내 친구다 나는 껌을 씹는다 요다와는
이른 저녁에 만나기로 했다 이 껌은 나의 점심이다 오랜만
에 만났던 요다는 전보다 더 줄어들었는데

난 그럴 때마다 극장에 가 극장에서는 어둠 속에서 편한
자세로 있어야 하고 극장에서는 조금 사람다워야 한다 언젠
가 극장이었다 앞사람을 차지 않고 가만히 앉아 있었다 의
자에 앉은 몸이 지루했는데 끝이어야 했던 부분을

한참 지나 극장을 빠져나왔는데 요다와 마주쳤다 요다의
몸은 고무줄 같고 언제나 처음 본 옷을 입고 있다 요즘 다이
어트한다며? 누가 그래? 극장 냄새가 났다 입안에 남은 팝
콘을 씹었는데 내가 빠져나온 극장이 비워지고 있었는데

영화는 내일까지만 상영된다 극장에서는 정숙해야 하고
입안의 어둠을 씹는 소리가 나를 벗어나선 안 된다 우리의
발밑에 팝콘이 쌓여 있었다 나는 팝콘을 뱉지 않았는데 내
일이 아닌 일을 곱씹으면 왠지 살이 찌는 기분이 들고

극장에 가본 지도 오래되었다 이 껌은 나의 늦은 저녁이
다 껌은 줄지 않고 껌은 아무 맛도 나지 않는다 씹을수록 내
침 맛밖에는 요다와는 극장에서 처음 만났다 이른 저녁에
요다를 만나기로 했다 나도 이제 몸을 만들어보려고

없는 게 없는

무인 매장에 갔다 사장 대신 키오스크가 있다 누가 보면 내가 사장이다 누가 들어오면

나를 해명해야 할 거 같아

무인 매장에 서 있다 이 길목에는 무인 매장이 많다 무인 매장에는 없는 것 빼고 다 있고

사장님이 보고 계신다 카메라 너머로 이러면 공간 낭비잖아 아무도 없는 방 안에서

무인 매장에 서 있다 누가 나를 다녀갔을까 창밖으로 무인 매장을 본다 무덤처럼

눈 감지 않는다 문은 언제나 열려 있다 거기 안 계세요? 소리가 들려 나갔는데

무인 매장에 서 있다 사장님이 퇴직금으로 차린 매장이다 우리는 한날한시에 직장을 그만두기로 했다

소모품

나에겐 눈물 버튼이 달려 있어

그렇게 말하는 사람의 몸이 멀쩡하다

이음새가 깔끔하고 관절이 건강하다 겉으로만 봐도 알 수 있다 이런 사실을 아는 몸이 때론

불편하다 서 있는 자세를 바꾸게 된다 나의 관절이 건강하지 않은 탓이다 나의 연결이 불완전해서

불량품을 골라내는 일을 한다 가만히 서서 손을 뻗는다 헐거운 것 덜 채워진 것을 끌어내면

멀쩡한 것들이 흘러간다 그런 것은 흘러가게 둔다 맞은편에는 나와 같은 일을 하는 사람이 있고

그는 흘러가는 것을 잘 흘러가도록 둔다

내게 자신이 슬픈 사람이라고 재차 강조한다 억울한 얼굴

이 내 앞에서 흐를 때 나는 손 뻗지 않고

  맞은편에서 가끔 이야기한다
  아주 가끔인데

  우리만 시끄럽다고 주의받는다 쉬는 시간에 이야기하라
고 한다 쉬는 시간이 되면 기계가 멈추고

  사람들은 휴식을 취한다 그는 아무 말도 하지 않고 어깨
만 두드린다 버튼을 누르듯

  눌러봤자 아무 일도 일어나지 않을 텐데 나는 그를 따라
조용해지고 나도 가끔 내 몸을 눌러본다

  이곳에 우리 둘만 남을 때까지
  많은 것들이 흘러가고

  쉬는 시간이 끝나면 하던 일을 마저 해야 한다 어제 선 자
리에 서서 오늘의 손을 뻗고

손은 나에게서 벗어나 점차 그에게 가까워지고 손은 흘러
가는 것 앞에서 멈춘다 쉬는 시간이 되면

휴양지

어느 날 나는 평생을 살아온 섬에 앉아 있었다 가로수나 보며 견디는 노후였다 스물일곱살이 되면 죽어버릴 거예요 말하던 아이도 끊임없이 나를 찾아와주었다

가로수는 매일 얼굴이 바뀌었고 가로수를 보고 있으면 견딜 만했다 누가 널 여기로 보냈니 내가 태어나기도 전인데 최초의 가로수를 심은 사람의 얼굴이 그리웠다

우리나라 최초의 가로수가 심어진 건 고종 32년이다
내가 틀릴 수도 있다

이곳은 드라마에도 나왔던 섬이고 그전에도 사람이 살았다 시청자들은 관광객이 되어 이 섬을 잊지도 않고 찾아왔다 드라마 끝난 지가 언젠데 '천국의 계단'에도 들렀다

그런 곳은 어디에나 있을 텐데 볼 면목이 없네요 나를 닮았던 아이가 말했다 그래서 이 섬을 찾아온 거구나 나를 그만두려는 마음으로 그러나 섬에는 아는 얼굴뿐이라서

한때는 나도 다정해지고 싶었는데
내가 아닐 수도 있다

드라마 끝난 지가 언제인지는 모른다 그 드라마를 나는
본 적 없다 나는 매일 가로수를 보았다 가로수는 가로수가
있기 전에도 가로수였고 가로수가 사라지기 전에도

가로수였다 나는 죽었고 죽을 것이지만 그것은 이제껏 함
께한 습관이라 어느 날 나는 '천국의 계단'을 두칸씩 뛰어
내려갔다 이제 그만 미래가 지루해져서 돌아오지 않는다

나눠 먹기 좋은

그가 걸어온다 좀비처럼 저기 느리게 걸어오는 그가 꽤 근사하다 약속 시간이 지났는데 우리가 어떻게 아는 사이였지? 기억나지 않는다 그에게서 친구의 모습이 겹쳐 보인다 친구는 이미 죽은 사람이다 내 꿈에서 이미 죽었는데 걔가 날 죽이려고 달려들 때 항상 그때 나는 눈뜬다 우리는 흰 테이블을 잇몸처럼 둘러싼다 우리 사이에 케이크가 놓여 있다 포크와 포크 사이에 먹기 좋게 이것은 오백 칼로리쯤 되려나 빵과 크림이 겹겹이 쌓여 있다 우리는 나눠 먹는다 이미 토막 난 것을 잘 잘라서 여기 빈 테이블이 많다 여기서 우리는 대화를 나눈다 알고 보니 그는 나와 친구가 겹쳤다 친구는 여기 없는데 이것은 맛있다 다른 데도 있겠지만 여기 것은 조금 다를지도 몰라 요즘은 뭐 하고 사는지 도통 모르겠어 그는 말한다 포크와 포크를 양옆에 두고 맞아 걔는 특별했지 인생 다 산 사람 같았지 친구를 언제 마지막으로 봤는지 기억나지 않는다 친구는 자꾸만 내 꿈에 나왔다 이제껏 보지 못한 모습으로 오늘도 친구를 본 것 같다 친구를 꿈속에 남겨두고 날 깨우지 못한 재난문자를 확인하고 나는 이곳에 왔는데 집에 남은 반찬 유통기한이 언제까지더라 얼른 그것들을 비워야 할 텐데 그는 게걸스럽게 먹어치운다 입가

에 크림과 빵 조각을 잔뜩 묻혀가며 어쩌면 뇌를 빼고 온 걸
지도 모른다 뇌는 이천칠백육 칼로리나 되는데 우리는 계
속 나눠 먹는다 좀비처럼 둘이 먹다 셋이 되어버릴 맛이야
우리 사이에 먹다 남은 케이크가 있다 생일이 지난 생일 케
이크 같다 그 위에 작은 숨을 불고 잠시 눈을 감는다 이런다
고 눈감아줄 거라 생각했어? 친구가 말한다 빈 테이블들이
우리를 이빨처럼 둘러싼다 깨끗한 테이블 사이 우리가 끼여
있다 다 무너진 케이크와 함께 남은 접시를 하나로 겹쳐놓
고 접시를 이곳에서 빼낸다 우리는 더 좋은 친구가 될 뻔했
지 그러나 아직 집행유예 기간이다

다회용

자신이 죽은 걸 인지한 생물만 귀신이 될 수 있다고 한다
친구가 말해주었다 너 대체 어쩌다 그랬니 탄산수를 꼭 컵
에 따라 마시던 친구다 속에 담긴 것이 빠져나가는데

친구와 나는 옥상에 있다 녹색 페인트가 칠해진 옥상이다
이곳 옥상은 방수라고 들었다 녹색이라 눈이 편하고 한쪽에
는 식물을 기르는 사람도 있다 이미 죽은 줄도 모르고

식물은 여전히 푸르다 거미줄이 쳐져 있고 그 위로 죽은
거미가 놓여 있고 식물은 여전히 푸르다 옥상에 그가 물을
뿌린다 자신이 마시던 컵의 물을 화분에 쏟고

그는 이제 없는 사람이다 나는 화분 옆에 남겨져 촘촘하
고 아름다운 도시에 놓인 그를 본다 가만히 옥상에 서서 손
에 들린 컵을 계속 든다 컵은 녹색이며

녹색은 친환경적이다 화분은 언제부턴가 옥상에 있다 무
엇도 스며들지 않는 푸른 옥상이다 친구는 언제부터 나의
친구였을까 이것을 비워야 한다 사람이 오기 전에

음료수를 마시는데 칼로리가 없다
맛있는데

박물과 나

자연사박물관 앞에 서 있다
자연사박물관에는 자연이 있고
나를 기다리는 사람이 있고
75세 이상은 무료라는 말이 있다
같은 건물에 편의점도 있는데
거기는 24시간이라서
나는 자연사박물관 밖이다
자연사박물관 밖에는 자연이 있고
자연사박물관 밖에는 아무것도 없다
오늘이 무료 입장일인가
그럴 것이다

부활 금지

여기서는 조심해

부활은 하면 안 되거든 모두 놀랄 테니까 동이 말하고 동이 웃었다 그러면 나도 웃어줘야 하는데 나는 장례식이 처음이고 동은 셀 수도 없다고 했다 그만 좀 해 제발 분명 말했지만 동은 작은 몸을 펼치며 계속 부활을 외쳤다 좁고 어두운 쪽방에서 하나도 웃기지 않는데 자꾸만 부활을

한다

난생처음 장례를 치르던 날 내 손에 돌이 하나 쥐어졌다 동이 아끼던 돌과 닮은 돌 나는 돌에게도 동이라는 이름을 지어주었다 아무래도 난 전생에 사람은 아니었을 거야 이번 생도 아직 사람은 못 되었으니 이렇게 말할 때면 동은 늘 웃어줬지 내 말을 알아듣지도 못하면서

한번은 내가 돌이 돼버린 거야 네가 나를 쥐고 있었고 우리가 함께 산책하는 중이었어 너는 내게 동이라는 이름도 지어줬고 나를 무척이나 아꼈어 하지만 내게 아무리 정을

쥐도 나는 다시 동물이 되지 않았어 끝도 없이 나는 정물이었어 주위에 셀 수도 없는 돌이 널려 있었는데

나는 방금 네가 주워 온 것이었지 주인을 알 수 없는 돌 네가 나를 세게 쥘수록 나도 내가 돌이라고 믿고 싶어졌는데 그 순간 눈이 떠졌어 더는 네가 내 앞에 없었어 이미 알고 있었지만 슬픈 일이었어 이것은 꿈인데 이미 여러번 꾼 꿈인데 내가 나의 꿈을 꿨는지 동의 꿈을 꿨는지

돌의 꿈을 꿨는지 알 수 없었다 머리맡에 내가 아끼던 돌이 있었다 꿈은 사실 없는 거야 한번은 돌에게 말했고 한번은 동에게 말했다 꿈은 다 지어낸 것에 불과해 한번은 나만 알고 있었다 나의 작고 사랑스러운 동은 자주 돌을 물어 오곤 했지 그러던 동이 이젠 작은 돌이 되어 내 손에 있다

동이 나를 움켜쥔 채 놓아주지 않는다 반려동물 장례업자는 슬픔을 전공한 듯한 얼굴로 내게 이걸 쥐여줬지 이 돌에 동의 영혼이 담겨 있다고 그런 건 없지 않나요? 나는 사실 이것이 작고 가볍고 짧아서 좋은데요 묻고 싶었지만

눈을 뜨니 모든 게 끝나 있었다 내가 언제부터 잠들었는지 알 수 없었다 혹시 내가 잠꼬대를 했나요? 그보다도 내가 그래도 되는지 묻고 싶었지만 사방이 어두운 장례식장의 작은 쪽방이었다 내가 기지개를 켜고 밖으로 나가자 모두가 놀란 표정으로 나를 돌아보았다

사월이 좋아

사월이 좋아 사월은 거짓말로 시작되고 사월은 후드티를 겉옷으로 입을 수 있는 날씨 사월이라서 그런가 의자 가지고 이리 와 그런 소리가 들렸는데 의자만 놓여 있다

사월이라서 그래 사월의 나는 농담 같고 사월의 거리에는 사람 아닌 것이 많다 사월은 농담의 제철 농담은 웃지 못하는 사람을 만들고 내가 재미없어져도 사월이라서

그럴 수 있지 사월의 거리에 앉는다 머리까지 덮은 후드는 사월의 속옷이 되고 사월은 겉옷 하나론 부족한 날씨 나하나로 부족해 내가 앉은 의자는 사월의 빈 의자가 되고

나는 사월의 사과나무 한그루다 사월은 아직 사과가 열리지 않는 계절 사월에 사과는 시작되지 않는다 사과의 제철은 언제일까 사과나무조차 사실 알 수 없는데

아무리 기다려도 사월이다 사과나무는 사과를 먹지 않아도 사과를 만든다 사월이 좋아 사월은 거짓말로 시작돼서 사과 없이 끝나고 사월의 사과나무는 사과의 맛을 모르고

나로부터 사과 한알이 떨어진다 덜 익은 껍질을 속옷처럼
입고 거리와 부딪친다 사월이 주워 담지 못한 한마디 끝없
이 구른다 사월이 끝나도 나는 끝나지 않듯이

무인 카페

할 이야기가 있어
카페에 가자
그 사람을 따라갔는데
무인 카페였다

사람이 없어 좋지 않니
죽은 사람처럼 카페는 말이 없고
사람이 없어 안전하지

나는 할 이야기가 없다 무인 카페에 오면 아무것도 하고
싶지 않아 나는 무인 카페가 익숙하다 무인 카페에 오면 아
무도 되고 싶지 않아

입장도 없이
무인 카페에 놓여 있다

'관계자 외 출입 금지'가 적힌 문과 마주 앉는다 다른 공
간과 이어진 유일한 문이다 열 생각은 딱히 없는데

끝나지 않는 이야기처럼
그의 이야기는 시작되지 않고

무인 카페는 끝나지 않는다 이곳엔 나와 그뿐이다 사람이
없어서 운영되고 사람이 없어서 망해간다 사람이 없는데

여기 혹시 이층은 없나요? 문을 열고 머리만 내민 채 누군
가 물었다 이곳에 없던 얼굴로 우리를 들여다보다

이곳이 무인인 것을 보고
지나쳐 갔다

그가 나간 문은 유일했는데 그가 나간 뒤로 이곳엔 없는
것이 더욱 많아지고 나는 다 녹은 아이스초코를 마신다

만든 사람도
주문한 사람도 없는 이곳에서
나는 무인 카페의 선생이다
나의 제자와 함께다

잘 봐 다음이 더 재밌을 거야

더는 가르칠 게 없다는 걸 알아차릴까봐 나는 말이 조금
많아지고 아이스초코는 다 녹았는데 여전히 아는 맛

코끼리 코에 달린 코끼리

잠바를 걸쳐 입고 걸었다 절반만 걸치고 절반은 걸치지 않았다 절반을 허공에 입혔는데 춥진 않았다 지나친 사람마다 잠바를 걸치고 있었다 언제부터 잠바가 유행했는지

잠바를 걸치지 않은 풍경이 없었다
잠바가 걸칠 풍경이 부족했다

잠바를 걸친 사람들을
걸친 코끼리 한마리
코끼리 코를 하고

공원을 거니는 사람들은 흔한 풍경 보듯 했다 누구도 그것을 공원의 중심에서 끌어 내리려 하지 않았다 언제부터 여기 있었는지 알 수 없었지만 그것은 이 풍경에 충분히 어울렸으므로 나는 계속 걸어야 했는데 갈 곳이 없었고

코끼리 코에 달린
코끼리가 나는 좋아서

벌써 몇바퀴째 공원을 돌고 있었다 앞으로 더 추워질 거
라던데 코끼리 코는 계속 제자리였다 다음 계절이 이미 온
것 같아 뭐라도 걸쳐야 했다 흔해지기 싫었다 절반만 걸쳐
야 했다 내 것이 아닌 잠바가 내게 안 어울릴 정도로 컸고

내가 걸치지 않은 절반이
자꾸 흘러내렸다

붙잡지 않았다
흘러내리게 내버려두었다
코피를 쏟아내는 사람처럼
바닥을 보며 걸었다

나를 쳐다보는 사람이 없도록
그러나 다시 코끼리 코 앞에서

멈췄을 때
코끼리 코에 달린
코끼리는 사라지고

누군가 나를 붙잡았다 지압을 하듯이 센 손아귀로 잠시
끌려가는데 놓으라고 말하지 못했다 뭐라도 걸쳐야 했는데
절반을 걸친 이 풍경이 꽤 추웠는데 코끼리 코 끝났을 때 나
는 아무것도 걸치지 않은 나를 보았다

계속

　벌이집을짓고있다 방충망너머로 나는혼자집안에서벌집 핏자먹고있다 형은그것이지어지고있는것을본다 파리채를 들고 저게다지어지기전에부숴야해 하지만그것은아직집이 라부를수없어서 어디까지인지모를집을짓는다 나는내입보 다큰벌집핏자를서서히녹여먹는다 피자맛시즈닝이뿌려진 벌집모양의과자다 계속꺼내먹다보면가끔피자맛시즈닝이 많이묻은것이나온다 나는그것으로벌집의맛을처음알고

　벌이집을짓고있다 부서진집위로 제몸에서밀랍을내뿜으 며 언제부터였는지알수없는집 동물학자가되고싶다던형이 말한다 하지만나는부술거야 내가묻는다 정말그래도돼? 동 물은현재만을살고있다던데 과거도미래도없이 벌이집을짓 는다 방충망너머로 정말부술거야 부술거라고 전기파리채 를들고 하지만형아 그건내가할말이야 우리가사는동네는재 개발된다 나는형보다먼저그곳을떠난다 부서지기전에

　벌이집을짓고있다 그안에서나는벌집핏자먹고있다 부서 지지않기위해 질소로포장된봉투에서 1984년출시되었고 언 제나구십그램인과자다 맛은그대론지모르겠지만 내입보다

작아진벌집핏자를먹는다 계속꺼내먹다보면가끔피자맛시
즈닝이많이묻은것이나오니까 이로수차례부순그것을부순
다 하지만아직벌집의맛을모른다 계속꺼내먹다보면 안에서
형이나를부른다 정말부술거야 부술거라고 아이의떨리는목
소리로

어떤 벌은 땅속에만 집을 짓는다

계속 꺼내 먹다보면 가끔
뭐가 많이 묻은 손가락이 나와요

레디믹스트콘크리트

나는 꽤 자연스럽다
자연을 걷는 사람처럼

일시적이다 일시적이지만 자연스럽게 고궁을 걷는다 고궁을 걷지만 영원은 아니다 깃발을 들고 서 있지만

점령은 아니다 여행객들 사이에서 나는 꽤 여행객스럽다 돌아갈 곳이 있는 사람 같다 마음 내켜 한번 와봤어요

그렇게 말할 수 있는 사람들과 고궁을 걷는다 그런 마음들과 자연스럽다 그런 마음들은 비행기를 타고 왔고

나는 지하철을 타고 왔다 시급 9,160원*을 받고 지금 밟고 서 있는 오백년의 역사에 대해 설명한다

놀라는 이목구비 사이에서 자연과 고궁의 조화를 설명하는 동안 자꾸만 감기는 눈이 생기고

그사이 몇백년이 흐른다

이제 자유롭게 관광하라고 시간을 준다 흩어진 여행객들
사이에서 나는 꽤 깃발 같다 깃발을 접었지만

여전히 깃발 같다 여행하지 않지만 여행 와 있다 깃발처
럼 고궁을 점유한다 모든 게 비자연이지만

자연스러울 때도 있지 않겠어요 이젠 건너편 공사장에 대
해서도 설명해야 할 거 같다 왜냐면 설명은 나의 직업이고

건너편 공사장은 몇년째 저 자리다 함부로 영원하다 영원
사이에서 나는 꽤 자연스럽다

시멘트를 섞으며 달리는 레미콘처럼

영원하지만 자연스럽게
그러나 나는 2222년이 기대된다

* 2022년 최저시급.

딴짓을 하자

요즘 인생이 재미없어
식물의 생을 살아보기로 했다
오래된 친구와 함께
매일 주차장에 가서 빈자리에
가만히 서 있기로
사람의 생각보다 주차장에는
사람의 자리가 많고
흔한 화단도 있다
그 옆에서 나와 친구는 햇볕을 쐬고
가끔 담배를 피운다
식물을 죽이는 식물의 기분으로
이제는 나빠지기 위해
노력하지 않아도 될 거 같아
이미 식물이 되어버렸으니
애쓰지 않아도 될 거 같아
주차장에 사람이 없지만
우릴 보는 불빛은 있고
약속도 없이 우리는 만난다
나를 어떻게 믿어

이렇게 식물이 되었는데
물어도 내게 말해줄 수 없는 친구
주차장은 넓고 쾌적하고
시간당 주차 요금이 있지만
나는 이제 마음도 힘도 없기로
마음먹었고
면허는 원래도 없었는데
돌아올 곳이 이렇게나 필요한가
흙을 흙으로 덮어 만든
이 주차장에서
이렇게 배부르면 안 되는데 나는
이렇게 식물이 되어서
자꾸만 토하고 싶어질 뿐이었는데
불이 남아 있어서
한모금 더 숨 쉰다
나간 만큼 들어오는 주차장
친구 위로 차 한대가 들어오고
내 몸에 파리가 날아와 앉는다

놓고 온 기분

거리에 지역 축제가 한창이다 지나와 나는 큰길을 빠져나와 인적 드문 골목의 조그만 식당으로 들어간다 식당에는 많은 것이 적게 놓여 있다 아까 길고양이를 본 것 같아

아주 작고 귀여웠어 팔을 꺼내 체온을 잰다 어느 골목에나 있을 법한 고양이였지 명부에 우리가 떠나온 곳을 적는다 어느 골목에서 본 걸까 무언가 놓고 온 기분이 들고

한국에 오면 한국인인 척하게 돼 지나가 말한다 나는 집에서 왔고 지나는 사후 장기기증을 등록하고 왔다 나도 사람이야 사람 가끔 골목에선 그런 말이 들리기도 했는데

천국에 가면 천사인 척하게 되고
지옥에 가면 뭐

식당에서 우리는 거리에서 온 사람들 지나는 가깝고도 먼 미래에 자신이 잘 쓰이길 바란다고 한다 이 기분이 어디서 왔을지 알 수 없어서 나는 지나의 검은 눈동자를 바라본다

거리에서 외국인을 본 것 같아 어디에서 온 걸까 나도 가끔 외국인이 되는 것이 취미야 나를 보는 지나의 눈이 잘 박혀 있다 나는 내가 모르는 나까지 신경 쓰고 싶진 않아

검은 렌즈가 나를 본다 그것은 지나에게서 떨어지지 않는다 지나보다 먼저 그곳에 자리했던 것 같다 지나가 말한다 나의 모국어로 나보다 유창하게 너에겐 네가 너무 많아

없어져도 모를 만큼

놓고 온 기분이 내 곁을 서성인다 거리의 외국어는 잘못 들은 모국어처럼 들리고 거리에서 출처 모를 사람들이 시끄럽게 짖는다 그곳에 내가 놓고 온 것이 있을 것 같다 거리는 끝을 모르고 그 위를 서성이는 축제만이 분명한데

소재지

창고를 옮겨야 했다 목장갑을 낀 사람들과 함께였다 내
손에도 목장갑이 꽤 어울렸다 이걸 다 어디로 옮기나요

우리 중 한명이 물었는데 나는 아니었다 내 손의 이것은
미끄러짐을 방지해주는 장비다 주로 무언가 쌓아 올리거나

무너뜨리는 곳에서 쓴다는데
잘 모르겠고

유용하긴 하다 손도 시리지 않고 다한증도 가릴 수 있다
더 비싼 것은 절단 방지 기능까지 있다는데

목장갑을 낀 손이 낯설어서 나는 마음에 든다 창고의 짐
들은 종이 상자에 담겨 있는데 이렇게 가벼워도 되는지

마음에 걸리는 무게다 내 손의 종이 상자는 가볍기 위해
존재한다 자르거나 뜯어 면을 들여다보면

속이 조금 비어 있다 의외로 안은 아늑하고 흔들면 가끔

소리가 난다 종이 상자를 쥔 손에 땀이 차는데

　창고를 옮기려는 사람들은 어디 가고 창고를 옮기는 일만
여기 남는다 혼자 남은 나는 상자를 열어본다

　상자 안에는 빈자리가 조금 많고 이것은 이미 하나의 창
고처럼 보인다 창고의 마지막 짐을 빼자 창고는 사라지고

　텅 빈 이곳은 더이상 창고가 아니다 창고는 내 손안에서
유일하다 흔들면 무너지는 소리가 날 뿐

아직 여기

여기 고라니가 있구나 여기 고라니가 있어? 여기 덫이 놓여 있다 덫은 고라니가 들어가기 적합한 크기고 내 주위로 사람들이 지나다닌다 고라니는 거의 사람만 하다던데 덫은 고라니가 있어도 무방할 이미지다 한국 바깥의 고라니는 멸종위기라던가

고라니는 유독 한국에만 많다고 한다 나는 아직 여기서 고라니를 본 적 없는데 언젠가 본 것은 야생동물 주의 표지판뿐이었다 이미지 속 고라니는 어딘가로 뛰어가는 이미지였는데 고라니가 뛰어가는 이미지는 자연이 적합하고 덫은 고라니가 없어도 무방하다

잡힌 고라니는 자연에 풀어줄 예정이라고 한다 여기는 사람들뿐인데 왠지 나는 기다리는 사람이 있어야만 할 것 같다 오고 있어? 아직 아무도 오지 않았는데 아마도 거의 왔을 텐데 여기 내가 놓여 있다 미안해 아직 여기야 고라니가 지나갈 자리에 덫이 놓여 있는 여기

나를 지나가는 사람이 많다 내가 있어도 없어도 무방할

이미지다 언젠가 이미지로 들여다본 한국은 유독 아름다웠
지 나도 여기 있고 싶었는데 들어가면 영영 빠져나오지 못
할 것 같아서 나는 아직 여기구나 여기 무언가 지나간다 거
의 사람만 한 덫이

수원지

손에서 나무 냄새가 난다 나무를 만진 적은 없는데 나무를 내려놓고 주위를 둘러본다 수원지에는 꽤 많은 나무가 있고 다행히 나무를 둘러보는 사람은 없구나 나무를 쓰다듬는다 핸드크림이 잘 흡수되도록

오른손으로 나무를 쥐면 나무가 오른손으로 옮는다 오른손보다 왼손이 자연스러워서 나는 오른손에 나무를 심기로 한다 자연은 보존해야 하니까 그러나 핸드크림을 너무 많이 바른 걸까 나무는 점차 울창한 숲이 되어간다

손 씻을 데 어디 없나요 녹지 관리인에게 묻는다 이곳은 그의 오래된 직장이고 그는 이곳에서 나무를 보는 유일한 사람 그는 아무 말도 없이 서 있다 사람 냄새를 맡은 나무처럼 그가 무성한 사이 나는 몰래 손을 담그고

주위를 둘러본다 수원지의 나무들이 나를 감춰주는 걸 본다 수원지는 나무를 묻어두기 적합하구나 다행히 수원지의 관리인은 보이지 않는다 서둘러 나무를 씻어내고 수원지를 빠져나온다 방금 나를 묻은 사람처럼

홈

친구는 수련회에 다녀온 뒤로 말수가 줄었다 뾰족한 것이
무서워졌다고 했다 주위에 아무도 없이 홀로 튀어나온 게

운동장에 야구부 아이들이 줄줄이 엎드려 있다
뭉쳐진 그림자 위로 공이 튀어 오르다
빈 유리병 같은 가을 속으로 가라앉고

빛이 부서지는 소리가 운동장을 메운다 더 잘하겠습니다
기도문을 외우듯 아이들은 간절해진다 땅을 짚은 팔목들이
나란히 휘청거리는 저녁

창문 속 어둠을 가로지르는 불빛들 사이로
불에 타고 있는 집을 보곤 했다

지난여름 우리의 캠프파이어

거대한 불 위로 튀어 오른 불씨들 흩날릴 때 흰 종이에 무
엇을 적어서 냈냐고 물어도 친구는 아무 말이 없고

불을 둘러싼 채 우리는 거대한 원을 그렸다 밤하늘에 녹
아내리는 불씨처럼 한 방향으로 돌기 시작하며

거대한 불 속으로
서서히 멀어져가는 집
누군가의 이름이 들어가
나오지 않고 있었다

마음에 있는 말을 그대로 저지르는 사람은 없지 흘러나오
는 노래가 귀를 잠글수록 우리는 더 빠르게 원을 돌고

그라운드 위 아이들처럼
집을 향할수록
집에서 멀어지기만 했는데

캠프파이어의 불이 꺼지고
우리는 재가 흩어지듯 사라졌다

나는 돌아가지 않았다 그럴 수 없었다 친구는 아무 말 없

이 방 안에 누워 있고 나는 작은 창문으로

　베이스를 잃어버린 아이가
　홀로 서 있는 것을 보곤 했다
　꺼져가는 전광판의 불빛 아래

사거리

소변기가 물을 내린다 소변기 앞에 아무도 없다 나는 가만히 본다 적막이 침묵에 오줌을 누는 장면

넘쳐 쏟아지지 않을 만큼 물이 쏟아지고 이곳에 나는 있다가도 없다 소변기 앞은 매번 그렇다

사람이 있거나 없다 더럽히는 물과 씻기는 물이 같은 방향으로 흐른다 타일과 타일 사이 나는 이곳에 없지만

나를 마주 보지 않아도 내가 있듯이 물이 넘치지 않아도 소변기가 여기 있다 넘치지 않도록 잘 조절해서 그러나

이곳은 화장실이다 화장실은 거울이 많고 늘 젖어 있다 소변기의 잘못은 아니다 나는 화장실 밖에 있고

길을 떠도는 개를 보기도 했다 개에게 길은 화장실이지만 소변기는 없다 개에게 화장실은 길밖에 없고

소변기는 없지만 가끔 물이 쏟아진다 물은 넘치지 않는다

개가 지나칠 때 소변기의 물이 내려가지 않듯이

　물이 쏟아질 때 개는 지나치지 않는다 집과 집 사이 쏟아
지는 물을 나는 가만히 맞는다 떠도는 개처럼 더럽혀지고

　깨끗해진다 길은 화장실처럼 젖는다 그러나 화장실에 개
가 있을 리 없고 나는 사람이 아닌 적 없다

많은 나의 거북이

거북이를 입양했다 이제 나는 오래 살아야 해 나보다 거북이가 더 살면 안 되니까 거북이를 입양하기로 했다 나보다 나이가 많아서 나의 집에는 거북이가 한마리 나이가 많지 않은 나와 나보다 많은 거북이가 한마리 늦기 전에 나는 거북이를 배우기 시작했다 거북이를 입양하기 전에

거북이를 세어본다 내게 남은 거북이가 얼마인지 나의 하나뿐인 원룸 거북이는 느리게 기어다니고 거북이의 수명은 요절한 사람 정도니까 이사가 얼마 남지 않았다 떠날 준비를 해야 한다 거북이와 함께 살 집으로 희수야 미리 지어준 이름을 부른다 나의 부모가 그랬던 것처럼

희수가 태어나기도 전에

아무리 불러도 희수는 나타나지 않는다 희수는 나의 거북이고 나의 거북이는 희수가 될 것이다 아는 사람 중에 희수가 없어 다행이다 그래도 희수는 나보다 많을 거야 그게 내가 희수를 기르기로 한 이유 희수는 나의 가족이고 나의 가족은 조만간 생길 계획이다 아직 계획에 불과하지만

나는 계획형 인간이다 곧 비워줘야 할 집에는 종이 상자
가 하나 맞아 때마침 필요했어 종이 상자가 하나 더 짐을 싸
야 하니까 거북이를 입양하면 종이 상자가 하나 더 온다 나
보다 많아서 나의 부모 같은 종이 상자 창문을 열고 바라본
골목에는 집이 나보다 많고 골목에는 부모가 나보다 많아

그래도 부모는 아껴야 한다고 들었다 있어도 있어도 부족
하니까 골목에 있는 낡은 집에 나는 있었다 몸이 만들어지
기도 전에 남은 짐을 하나씩 담았다 그러나 거기 희수는 없
고 거북이는 너무 느리고 나는 계획형 인간이다 인간이 될
계획이다 내게 남은 짐은 여기 다 들어가고도 남는다

비생산

애인은 폐공장에 가봐야 한다고 했다 그럴 일이 있다고
했다 갈 수 없을 거야 그런 건 지도에 없으니까

찾아가는 게 아니라 마주치는 수밖에 없었다 그런 건 언
젠가 지나칠 법했다 이렇게 말하니

내가 폐공장에 가본 적 있는 사람 같았다 물가에 앉아서
죽은 나무처럼 목을 내민 채

우리는 흘러가는 것들을 지켜보았다 목이 말랐지만 이런
데이트가 익숙했다 말이 안 되지 않니?

애인이 말했지만 대답하지 않았다 애인은 화장실에 다녀
오겠다고 했다 화장실이 어디 있는지 묻지 않고

손을 잡지 않아서 손을 놓지 않아도 됐다 화장실은 어디
에나 있겠지 화장실이 필요한 사람은 어디에나 있고

내겐 산책이 필요했다 산책은 비생산적이고 몸만 축내는

일이니까 물가를 걷던 사람들은 서서히 줄어들고

　멈추지 않는 물가에 남겨진 사람들 여기가 어디쯤인가요
저도 잘 몰라요 이런 말들이 왠지 가능했는데

　물 위로 아까 흘러간 것들이 다시 흘러가고 있었다 애인
이 돌아오면 이제 다시 걷자고 하려 했는데

　나는 끝내 말이 되지 않았다

　화장실에 간 애인은
　옛 애인이 되고

　마주칠 법했지만 그러지 않았다

　나는 가끔 폐공장에 들르곤 했다 돌아오는 길에는 늘 무
언가를 손에 쥔 채였다

보얀 크르키치의 잠재력

오늘 아침 식탁에서 나는 알게 되었다 보얀 크르키치 이 적설이 사실이라는 것을 한동안 나는 신문지를 내려놓지 못 했다 아침 식사가 그새 식어버렸지만 접시 밖에 놓인 감자 는 자꾸만 뜨겁다 멈추지 않는 김을 내뿜으며

보얀 크르키치가 오기 전까지
이 감자를 보얀 크르키치라고 하겠다

보얀 크르키치는 뛰어난 잠재력을 가졌다 그는 전천후로 경기장 전체를 아우른다 공이 어디로 갈지 예상하고 언제나 공보다 먼저 그곳에 가 있다 보얀 크르키치는 역대 최고가 될 것이다 그런 유망주가 우리 팀에 오다니

그가 내게 보내준 것이다
요즘 감자가 제철이라

봐 이 감자는 축구도 할 수 있어 보얀 크르키치는 식탁 위 에서 잠시도 멈추지 않는다 식탁 끝에서 끝까지 공처럼 몸 을 굴린다 그의 고향에서는 이것으로 감자라테를 만든다지

지역의 명물이라고 몇년 전까지는 없었는데

　때마다 그는 내게 감자를 보낸다 아무런 말도 없이 불쑥 감자가 상자째 나를 찾아온다 감자와 감자에서 떨어진 흙이 마구 뒤섞인 채로 그의 고향은 감자가 잘 자라는 척박한 땅 그곳에 극심한 흉년이 들었다지 지난 신문에서 읽었다

　나는 그곳에 가본 적 있다
　감자라테 마셔보진 못했지만

　매일 아침 감자를 요리한다 감자가 요즘 비싸다 지난 감 자보다 요즘 감자가 더 비싸고 맛있다 나는 손을 뻗어 보얀 크르키치를 움켜쥐지만 그는 아직 뜨겁다 맨손으로는 온전 히 쥘 수 없어 그만 공중에 그를 던진다

　내 손을 떠난 감자가
　다시 내 손 위로
　그리고 다시
　보얀 크르키치가

내 눈앞으로
감자가 뛰어오른다
껍질도 까지 못한 채

그를 내 머리 위로 높이 던진다 나는 자꾸만 기대된다 아
직 그는 오지 않았지만 감자가 내 손에 떨어진다 우린 이미
같은 팀 같다 그는 앞으로 더 자랄 것이다 기대받을 것이다
그를 떠나서 그보다 먼저 내게 온 그는

그렇게 기대하며
감자가 담긴 감자를 본다

감자 상자에서 꺼내 온 것이다 상자 바닥에 신문지가 포
개져 있다 우리가 같이 나고 자란 곳에서 보낸 것이다 거기
서 우린 함께 공을 차며 놀았지 온몸에 흙을 묻혀가며 함께
자랐지 나만 그곳을 떠났다 어떤 기대도 없이 거기서 보얀
크르키치를 꺼냈다 내일은 이것으로 감자채를 볶아도 감잣
국을 끓여도 될 것이다 벌써 배가 부르군 그가 벌써 내게 온
것 같다 나는 그에게 말한다 어느 아침의 식탁에서

나는 내 생각보다
잘되었다고

머지않은 돌

제자는 내 앞에서 걷는 사람을 만들고 나는 제자가 만든 내 앞의 걷는 사람을 고쳐준다 찰흙을 조금씩 덜어내며

너의 걷는 사람은 걷는 법을 모르는 사람 같구나

지난 수업에 가르쳐준 것도 다 잊어버리고 오는 제자는 새하얀 얼굴로 그러면 어떻게 해야 하는지 묻고

지난 숙제였던 걷는 사람은 오늘도 앞을 보지 않는다 사람으로도 찰흙으로도 되돌아갈 수 없어서

돌이 되어가는 것 앞에서 제자는 딴짓을 한다 제 머리는 돌이에요 이것은 원래 걷는 천사였어야 하는데

그것은 지난 수업에 폐기되었다

굳어버린 찰흙 안에서 천사가 지낼 거라 생각하니 기분이 나쁘지 않다 쓰레기통의 봉투를 꺼내 건물을 빠져나오는데

아는 얼굴을 본 것 같다 그 사람이 봉투를 쥔 채 맞은편 건물로 들어가고 시동이 멈추지 않은 오토바이가 놓인 거리

내 손에는 천사였던 것이 묻어 있고

나는 봉투를 놓아준다 거리에 천사를 덜어낸다 거리의 봉투들은 서로에게 기대고 있고 그 위에 봉투를 놓자

천국이 조금 무너진다 나는 이제 거리의 걷는 사람이다 거리의 돌을 보지 않고 거리의 돌을 밟으며

건축이 한창인 자리를 본다 건물을 짓기 위해 건물을 부수는 차례 다음으로 사람들이 걷는다 천국의 지각생처럼

소화

언젠가 나는 도둑이었다 도둑처럼 몰래 걸었다 초대된 적 없었다 모르는 집이었고 누구의 생활도 보이지 않았다 도둑은 도둑이 되는 일에 익숙했다 언제부터 비었을지 모를

빈집이었다 나는 빈집털이였나 빈집이 익숙했다 집이 비어 있는 것은 도둑에게 반가운 일이지만 집은 나를 반기지 않았다 도둑은 능숙하게 집을 더듬었다 환자의 몸을 만지듯

집은 아픈 사람 같았다 아픈 원인이 분명 안에 있었다 집 안에 들어갈수록 나는 바깥 사람이 되었다 때로 의사는 환자보다 환자를 더 잘 이해했다 단지 이해받고 싶을 때였다

언제부터 이랬어요? 의사는 나를 바라보고 나도 의사가 바라보는 나를 바라보았다 제가 태어나기 전의 일이에요 그것은 유행했고 전달력이 있었는데 고작 나라서

불행한 소식처럼 나는 빈집을 자주 목격했다 오래도록 빈집을 서성였다 모든 원인은 나에게 있다는 말을 의사는 에둘러 말했다 훔치는 손이 내게 청진기를 갖다 대는 사이

담배를 문 사람들이 연기를 뿜으며 골목을 지나갔다 빈집
에 갇힌 사람을 떠올렸다 그런 사람 가엾다고 생각한 적 없
다 오물과 액체 등이 파이프를 지나가는 동안 빈집에 놓인

　냉장고의 열을 식히기 위해 냉장 팬이 돌아갔다

　팬은 멈추지 않는다

잘하는 집

실험실에서 양식한 복어엔 독이 없습니다
어디서 들어본 얘기 같다
나는 실험실에 있어본 적이 없고
식당 앞에 손님처럼 서 있었는데
배고픈 사람처럼은 아니었는데
만족한 표정으로 빠져나가는 사람들 사이
나는
밥을 오물거리다가
콩만 뱉어내는 아이의 첫 얼굴
복어의 독 얘기를 들으니
복어의 맛이 궁금해졌다
다른 흰살생선과 뭐가 다른지
죽지 않으려고 독을 쌓았다는데
그것만 제거해서 먹는 사람들이 선
줄은 지옥처럼
짧고
수족관의 복어는 화가 나 보인다
지옥에도 갈 수 없는 사람처럼
모두 지옥에나 가버리라고

노려보는 얼굴

복어에서 독이 가장 많은 부위가

눈이라던가

그런 얘기도 분명 들었다

내겐 조금 큰 안경이 무거워서

다시 안경을 올리고

복어가 몸을 부풀리는 것을 똑바로 본다

맛이 궁금하면 들어오라고

둘이 먹다 하나가 죽어도 괜찮다면

혹시 요리에 콩이 들어가나요?

나는 콩 들어간 음식은 뭐가 되었든 싫은데

무엇보다도 그 비린내가

네가 잘하는 집을 안 가봐서 그래

그런 얘기를 들어본 것 같다

그런가 안 가봐서 그런 걸까

나는 언젠가 그들에게

내가 싫다고 했는데

사냥용* 별장

　나는 매일 산을 올랐다 산에는 산에 사는 것들이 많았다
내가 뱉은 말을 나만 들었다 가끔 산에 살지 않는 것들도 보
였지만

　산은 모든 걸 포용해준다니까

　내려와서는 늘 계곡에 들렀다 머리 위로 드리운 첩첩산중
산그늘이 계곡을 감싸안을수록

　등골이 서늘해졌다 숨을 쉴 때마다 물비린내가 따라 들어
왔다 물 위를 절반만 떠다니는 저것은

　어쩌다 여기까지 흘러왔을까
　너무나 깊은 산골이었고

　중세 때

　자살에 실패한 사람들은 감옥에 가고 성공한 사람들은 시
체를 훼손당했다던데 훼손당한 시체는 어디에도 묻히지 못

했다던데

　나는 결국 한국이었다 산에서 묘를 지나치는 일이 익숙했
다 얼굴도 모르는 사람의 묘에 절을 하던 기분으로

　이름 모를 산을 오르곤 했다 삽을 쥔 사람을 마주친 적도
있다 모르는데 익숙한 얼굴 산 주인이었을까

　그래도 괜찮아 여긴 산골 중에서도 산골이니까 산에서 어
떤 일을 지어도 산은 금방 잊어주고

　쉽게 찾지 못할 것이다
　산은 말이 없고 묻힌 게 많아서

　뭔가를 묻을 때마다 산을 찾는 사람들 땅을 뚫고 피어난
것들을 밟고 이대로 묻힐 수 없는 마음이 산을 오른다

　내 몸 위에 금수강산이
　이렇게 아름다운데

아가 물가로는 가지 말렴 그런 말을 해주던 사람은 어디
로 갔을까

* '사냥'의 어원은 '산행(山行)'이다.

너무 많은 나무

나의 착하고
불성실한 친구 장은 죽어서도 공방에 간다
실은 별로 안 착하고 꽤 성실한 것 같기도
하다

내가 될 수 없는 사람이 너무 많아
그래서 나무가 된 거야?

죽은 장이 비웃는다 나무가 된 나는 할 말이 없다 나무가
되어서도 여전히 숨을 쉰다 가만히 숨을 쉬다보면 배가 부
르다

빛이 나를
한차례 지나가고
두차례 지나가지만
나는 나무다

내 밑으로 내 모양의 그늘이 자란다 바람에 자꾸 머리가
흔들리네 다행히 나는 긍정적인 나무가 되었구나

무수히 많은 빛이 나를 밟고 지나가고 끝없이 자라는 나의 가지 내가 뻗어나갈 때 나는 나를 못 참겠구나

그러나 말할 수는
없는 나무다

적당히 살 걸 그랬어 장이 말할 때마다 스산한 바람이 불고 내 머리가 저절로 끄덕인다 죽지 않으려는 마음이 너를 죽인 거구나 빛과 초록과 장이 우거졌던 여름

장이 척척 쌓여
공방을 떠나는 걸
내가 보았다

그럼에도 다시 공방 앞에 와 있는 장은 참
귀여운 친구다

공방은 여전히 분주하고

헌것을 부수고 새것을
만드는 일은 줄지 않고

사람과 사람 아닌 것이 입구를 드나든다 아는 얼굴이 나
를 알아보지 못했다 나무는 그토록 익숙한 것 이곳엔 나무
인 내가 있고 내가 아닌 나무들이 있고 나무는 어디에나

너무 많고
나는 흔한 풍경이다

저수지의 목록

저수지에 개 하나 놓여 있다
트루먼이 연기하는 것이다

어두운 관객석 사람들 웅성거린다 너는 지루한 듯 턱을
괸다 우리는 지정석에 앉았고 집에는 우리를 기다리는 개가
있고 모든 건 가까스로 완벽하다

—

흰 가루가 된 외할머니를 가로수 아래 묻었지 거대하게
꾸며진 영산강 공원에서
공원인데 아무도 지나다니지 않았다
딱히 숨기려던 건 아니었어요
외삼촌이 맞담배를 피우자 했지 아직 미성년자인데 자꾸
만 괜찮다고 다 그런 거라고 다 그런 게 뭘까 외삼촌의 불을
받으며 생각했다
가로수는 더 크게 자라겠지 한겨울의 바람이 불고 사라진
잎사귀 대신 나뭇가지가 흔들렸다 외할머니가 죽을힘을 다
해 우리를 비웃는 거야 형이 말하고

돌아가는 장례 버스에서 외가 사람들은 잠깐 슬퍼했다 돈
을 세던 손가락으로 얼굴을 긁는다 왜 슬픈 얼굴들은 다 배
가 고파 보이는 걸까
　자꾸 침이 고여 바닥에 침을 뱉었다
　내일부턴 학교에 가야 해 형은 다시 군대에 가야 하고 친
구들에게 뭐라고 말할까 벌써 기대가 됐다
　버스 창문에 나란히 강이 비친다 저건 강이 아니라 저수
지다 아버지가 말하자 외가 사람들이 화를 내며 반박하고

　긴 터널을 지나왔다

　———

　일년에 한번
　극장에 갔었지
　먼 친척의 부고가
　해마다 한번은
　들려오던 것처럼
　정한 적 없는 약속

누군가의 생일이었고
형과 내 이름을 자주
헷갈려하던 사람과 함께
연극이 끝나면 극장을 나와
옆에 있는 호수를 보며 걸었지

형은 강이라고 했고
나는 호수라고 했는데
둘 다 아니었지
깊고 어두웠지
지금 당신이 밟고
서 있는 그것처럼

그런다고 누가 알아줄 것 같아요?
죽어봤자 다 까먹는다고요

—

트루먼이 연기를 하다 말고 우리를 본다
연기가 아니라 분명 우리를 보고 있다

사람들 웅성거리기 시작한다
저수지를 바라보는 연기라고
너는 생각할 수 있겠지만

관객석의 어둠은 지나치게 깊다
이것을 저수지라고 말하기에는

개가 개를 무서워하듯 나는 가끔 네가 무서워 집에 돌아
와 네가 아무 말 없이 방문을 닫는 일을 나는 자주 앓는다

저 트루먼이라는 사람
어딘가 익숙하다
너는 말할 수도 있을 텐데

빛이 눈을 껌뻑인다
무서운 빛이다

트루먼은 알고 있겠지
트루먼만이 우리를 볼 수 있으니까
저수지를 바라보는 트루먼이
점차 우리를 바라보게 될 때

암전
총소리
개의 신음

무대 위에 트루먼
트루먼을 관통한 트루먼
사라진 어둠을 끌어안은 채
쓰러지는 것

—

아직 박수가 끝나지 않았는데
너는 등 뒤에 구겨둔 외투를 꺼내 입는다

너를 꼭 이곳에 데려오고 싶었는데 너는 알았다고 다음엔
더 좋은 곳을 가자고 말한다

극장을 빠져나와 우린
밝은 무대 위를 걷는다

대못

하굣길에는 갈대밭에 들러 혼자 울었지 아이들은 끈질기
게 따라와 시체 장사 하는 애비 자식이라고 놀렸다 나도 한
명쯤은 자신이 있어서

주머니 속 대못을 움켜쥐었지

교복 바지 속에서 그것은 점차 커지는 것 같았다

그해 여름은 홍수가 잦아서 매일 밤 아이 하나 정도는 쉽
게 떠내려갔다 급히 거리를 떠도는 아버지를 볼 때마다 사
람들의 얼굴 꿈틀거렸고

마을 뒷산에 골동품처럼 쌓여 있는 무덤들 그곳에서 아버
지는 매일 대못을 박는다고 했다

교회도 없는데 마을에는 한동안 종소리가 났지

아버진 내게 보여준 적 있다 미리 파놓은 누군가의 못자
리 비가 고여 큰 못이 된 그것이 찰랑거리던 모습

장의사는 마을에 하나면 족하다고 그 일을 너도 맡게 될
거라고 언젠가 벽에 걸린 작업복을 보는 아버지는 그렇게
말하려는 것 같았는데

집에 돌아와서 나는 종일 손가락이 아팠지

빈손을 자꾸만 쥐어서

밤마다 몰래 아버지의 삽을 들고 집을 뛰쳐나갔다 그날도

마찬가지였지 뒷산에 올라가 땅을 팠다 주변에는 내가 매일
파놓은 구멍들이 있었는데

　갑자기 비가 쏟아졌지
　무딘 칼질 같은 장대비 소리
　온 마을을 뒤흔들고

　구멍들마다 물이 차올랐다 못처럼 박힌 구멍들이 징그러
웠다 온몸에 소름이 돋아서 삽을 버리고 도망쳤다 도망칠수
록 더 길을 잃게 되는 산속에서
　더는 그곳과 멀어질 수 없을 때까지 계속 뛰었다 숨이 찰
수록 무언가를 움켜쥐게 되었는데

　주변을 돌아보니 다시 갈대밭이었다

　젖은 주머니 속 무언가
　서서히 나를 찌르고 있었다

나는 내일부터

생활로부터 멀어지기 위해
지하철부터 탔군요
미워하기 적합한 곳이네요
매일 지옥을 찾는 사람들처럼
창밖에 시선을 둬야겠군요
지옥은 어디에나 있지만
어디에는 없고
지옥은 너무나 간편하군요
창밖을 보면 창 안의 내가 보이고
창밖은 모르는 얼굴뿐
지하로 내려가는 일이 익숙해서
큰일이군요 기껏 태어났는데
일생의 절반이 지하라서
내일부터는 좀 걸어야겠네요
건강하기 위해선 걷기가 필요하고
걷기 위해선 걷는 몸이 필요하군요
지옥에선 불필요하지만
내일은 모르겠어요
어제의 내가 나간 출구가

생기고 없어지길 반복하는데
없어진 출구가 벽이 되고
거기 등 기대는 몸도 있군요
미워하기 위해
미워할 몸부터 찾는 사람처럼
모르는 얼굴들과 함께
욱여넣어지는 것이 익숙하군요
때로 아는 사람을 만나면
반가울 수가 없네요
그러나 다행히 나는 내일부터
내가 아니기로 했군요
낮도 없고 밤도 없는 지하
내가 빠져나간 출구로 어깨를
비집고 들어오는 몸이 있고
오늘은 지하에서 튀어나와
아는 사람 없는 거리를 걷는데요
모르는 사람이 말을 걸 때도 있군요
그거 아세요?
지금 당신 등에 어떤

할아버지가 업혀 계세요
아 네 그럼요
저희 할아버지인걸요
할아버지가 저보다 저를
참 아끼셨답니다

무림의 은둔 고수 나 김정배

마침내 무림이 세간에 관여하는 날이 찾아왔다

무림의 은둔 고수 나 김정배는 무림을 벗어나 강호를 견제하고 세간을 수호해왔다 나 김정배는 은둔 고수 겸 은둔의 고수 내가 나임을 김정배임을 무림의 은둔 고수임을

　철저히 숨겨 온 존재
　김정배를 부정해야만
　김정배는 실재할 수 있다

무림의 은둔 고수는 큰 책임이 뒤따르는 직책이다 나 김정배 책임감 빼면 시체인 사람 그러나 김정배는 이미 몇시간 전부터 시체에 불과하다

스승의 전언을 세간에 알리기 위해 무림의 은둔 고수는 대나무 숲을 가로지르는 중이었다 나 김정배가 지난 대나무 숲은 무림의 격전지 한가운데

　한순간

무림의 은둔 고수
나
김정배에게
날아온 검을
무림의 은둔 고수도
나도
김정배도
피하지 못했다

유령이 있다는 걸 무림의 은둔 고수 나 김정배도 몰랐다
나 김정배 유령이 됨으로써 유령의 존재를 알았다 더는 무
림의 은둔 고수가 존재하지 않는다는 것도

사람은 죽어도 사람일 줄 알았는데
김정배 너무 오만했구나

유령 김정배는 분해하며 협객들이 시체 김정배에게서 전
리품을 약탈하는 것을 가만히 바라보았다

그들의 손에 모든 것이 사라져가는데 그것은 흔들림 없이
평온했다 이런 모범적인 시체는 어디에도 존재하지 않을 거
야 그 점이 무림의 은둔 고수에게 어울리는 최후였기에

협객들이 떠나고 유령 나 김정배는 무림의 은둔 고수의
아무도 모르는 죽음이 일어난 자리에 오랫동안 남았다

유령으로
존재하는 일이
왠지 너무 익숙했던
한때 무림의 은둔 고수
나 김정배는 때로
내가 유령임을
망각한 채

시체 김정배를 들여다보았고 나의 편히 감긴 두 눈은 그
저 텅 빈 하늘을 가리킬 뿐이었다

지난 주말

카페에 앉아 있는데 웬 아줌마가 떡을 줬어

애인의 말은 뜬금없이 시작되고

오늘이 부활절이래 남이 부활한 날을 왜 우리보고 기뻐하라는 거지 나도 부활하고 싶다

애인은 장난치고

운전 중입니다 조금 이따 다시 연락드릴게요 옆 테이블에서 통화 소리가 들리고

지금 내가 쥔 떡은 네가 준 떡

포장지를 뜯어 냄새를 맡았다 상한 밥 냄새 내가 너무 오래 쥔 걸까 아님 네가 너무 오래 쥔 걸까 그 아줌마일까

떡이나 밥이나 상하면 그런 냄새가 나 너도 알지 혼자 남은 집 냄새 너도 알았으면 좋겠는데

그런 냄새가 무슨 냄새인지

문득 내 몸 냄새를 맡게 되고

이미 굳어버린 떡은 부활하거나 하지 않는다 누군가의 손
안에서 떡은 신의 몸을 형상화한 어떤 것도 될 수 있다던데

나는 혼자 카페에 남았다 신도 카페에 앉아 생각했을 거
다 아이스티를 시켜놓고 이젠 더이상 손쓸 수 없다고

손쓸 일이 없어 떡만 쥐고 있다 떡이 부활하길 바라듯이
아무거나 믿고 싶어서 믿는 사람처럼

애인은 집에 가서 손을 씻고 오늘 쓴 글을 확인하고 오늘
받은 떡을 기억하거나 하지 않는다

잠이 들기 전까지 핸드폰으로 유튜브를 보고 '굳은 떡을
다시 말랑하게' 영상 링크를 내게 보내온다

조회수 삼만의 영상을 나는 몰랐지만 모르지 않는다

직물과 작물

외출복을 입고 침대에 눕는다 외출복을 입고 천장을 보다 외출복을 입고 잠에 든다 외출복을 입은 동안 외출복을 입지 않은 내가 밖으로 나가고

밖에서 나는 나의 역할을 맡는다 그 이외의 것을 누구도 시켜주지 않는다 금세 숲에 도달한다 지나치는 길 몸에 닿는 잎사귀들에 몸이 간지럽다

날개가 돋아나면 이런 기분이겠지 몸을 긁지 않으며 생각한다 몸은 꿈틀거리고 가끔 뒤집힌다 나를 아무리 뒤집어도 나의 등은 나의 등일 뿐인데

이 꿈이 지루하다

뛸수록 바깥과 멀어지는 숲이다 뒤로 손을 넘겨도 닿지 않는 등이 서늘하다 꿈속에서 만져지는 건 나뿐인데 외출복이 젖고 있는 걸까 숲의 나는 외출복을 입지 않았는데

땀에 젖은 옷이 나보다 무겁다 숲 위에서 날개를 흔들던

새는 순식간에 사라지고 숲은 조용하다 날개뼈가 간지러운
데 나는 자꾸만 숲이다 아무리 깊이 손을 넣어도

　일어나 잠은 집에 가서 자야지 누군가 나를 흔들수록 나
는 외출복을 끌어안는다 이불을 파고들듯이 천사들은 다가
와 식물원의 사람들처럼 지루한 얼굴로 나를 자세히 본다

처음 먹는 옛날 빙수

아니요 그렇지 않아요 너는 말한다 자동문이 자동으로 열리고 — 완전한 자동은 아니다 버튼을 눌러야만 열렸으므로 — 나는 너보다 늦게 도착한다 "어서 오세요" 직원 — 으로 보이는 사람 — 이 나를 보지 않고 말한다 오래 기다리셨나요 와본 적 없는 동네라서 한참 헤맸네요 여기 추억의 옛날 빙수라는 게 있더라구요 옛날에 먹던 그 맛이래요 요즘은 그런 것도 있군요 그것참 추억이네요 — 그런 추억 없다 — 저는 어제도 먹었어요 너의 앞에 시원한 물 한잔이 놓여 있다 너는 내 것까지 시켜둔 빙수를 기다린다 생긴 지 얼마 안된 곳인가봐요 지도 어플에 찾아도 안 나오더라구요 앤틱한 소품들과 빈티지한 인테리어가 나를 반기는데 여기가 원래 카페 자리예요 너는 말한다 카페가 생기기 전부터 카페였어요 창밖의 거리에는 대형 프랜차이즈 카페가 많고 어디선가 걸어본 것 같은 — 그런 추억은 있을지도 — 거리다 나는 예정보다 일찍 집을 나섰는데 너는 먼저 이곳에 와 있다 다음 일정이 있는지 이전 일정이 빨리 끝났는지 알 수 없고 다만 너는 만날 때마다 내게 같은 이야기를 해준다 예전엔 이런 일까지 겪었다고 호출벨과 진동벨이 나란히 테이블 위에 놓여 있다 — 둘은 매우 비슷하게 생겼다 — 진동이 울리고 너는 주머니 속 핸드폰을 꺼내 전화를 받으러 나간다 자동문이 자동으로 열리고 "안녕히 가세요" 직원 ─ 인사를 자동적으로 잘한다 ─ 이 말한다 창밖에 너는 보이지 않고 창밖으로 다음 계절의 날씨가 이미 도착해 있다 언제쯤 오는 걸까요 너는 내게 묻지 않았지만 추억의 옛날 빙수는 이미 한참을 오지 않는 것 같다 테이블 위에 시원한 물 한잔과 호출벨 ─ 버튼이 있는 걸로 봐선 ─ 만이 남아 있다 진동벨을 네가 가져갔던가? 떠올리는 찰나 직원이 다가온다 ─ 버튼 안 눌렀는데 ─ 옛날에 먹어본 적 있으시죠? 그 맛이에요 크고 투박하게 갈린 얼음 위에 팥을 얹은 빙수랍니다 그의 설명이 꽤 불친절해서 왠지 나도 추억의 옛날 빙수를 먹어본 적이 있는 것 같다 나의 앞에 시원한 물 한잔이 놓여 있다 자동문이 자동으로 열리고 "어서 오세요" 직원은 말한다 나는 너보다 늦게 도착한다 아직 출발하지 못한다 자동문이 자동 ─ 진짜 자동 ─ 으로 닫히고

밀레니엄 베이비

생일에도 공장에 나오래 납품 일자를 지키래 나와서 제품
생산하래 벨트 앞에서 자리 지키래 내 자리가 그 자리래 제
자리에서 나오지 말래

잔업까지 하래 연말이라 공장이 호황이래 콘돔이 많이 팔
릴 거래 미리 최대한 많이 만들 거래 기계가 버틴다면 괜찮
대 남은 건 폐기할 거니까

내가 태어난 해에 아이들이 유난히 많이 태어났대 내가
그렇게 흔한가 여기 나랑 동갑인 사람이 많대 우린 서로 이
름으로 부른 적 없지 저기요 거기 제 자리예요

모두가 뒤돌아봤대 여기 제 자리인데요 제자리에 맞게 서
있었대 우리는 자주 해프닝 같고 때로 멸칭 같아 이 자리가
왜 남겨졌는지 알 수 없는데

크리스마스에도 나오래 조촐한 기념 파티를 할 거래 그날
도 일하다 퇴근하래 쌓아둔 재고처럼 탄생이 많을 거야 너
무 많아서 기념할 수 없을 거야

조만간 쉴 수 있을 거야 할아버지가 몸이 안 좋대 곧 고향
에 와야 할 거래 미루기 전에 미리 기념할 거야 묘지에 가볼
거야 언제쯤 나는 할아버지가 될까 그날은 공장에 나오지
않아도 된대

나의 소책자 속 영혼

미리 끝내두고 싶어서

방학이 끝나기 전에 미술관을 찾아갔다 '탄생 백주년 특별전'이 적힌 입구를 지나 들어간 안은 외관보다 넓고 사람으로 가득했다 이곳에는 분명 '영혼'이 있을 거야 내 손에 쥔 소책자에도 「영혼」이 들어 있으니

미술관에는 작품보다 사람이 많았다 선생은 다작을 하는 작가가 아니었고 「영혼」이 유명해진 후로는 더욱 그랬다 저는 아무것도 하지 않습니다 작품이 스스로 찾아오기를 기다릴 뿐이죠 선생이 말한 것을 어디서 읽은 것 같은데

소책자는 아니었다
아까부터 나는

내 몸을 마음대로 할 수 없었다 내 앞에 온통 사람들뿐이었다 미술관에서 나는 「영혼」을 보지 못했다 사람들 사이에 끼여 가만히 소책자만을 쥐고 있었다 내가 틀리지 않았는지 소책자를 펼쳐 볼 때마다 내가 들어온 문으로

사람들이 밀려 들어왔다 나보다 먼저 여기 머물던 사람들은 다음 장소에 갔는지 미술관을 빠져나갔는지 알 수 없었다 제 몸집만 한 상자를 들고 화물 전용 승강기에 타는 사람들도 있었으나 도둑으로 보이진 않았다 그들은

자신을 감추지 않았기에
미리 말해두자면

나는 선생을 좋아하지 않는다 내가 좋아하는 것은 선생의 「영혼」뿐이다 모두 그를 선생이라고 부르지만 그는 나의 선생이 아니다 그의 「영혼」만이 그렇다 소책자에 따르면 「영혼」은 유토와 밀랍으로 이루어진 백칠십 센티미터 인체 조형

안에서 밖으로 살을 붙여가며 만든 그의 「영혼」에는 자신의 살점을 떼어 붙이는 자의 손길이 담겨 있다고 소책자는 말한다 그러나 나는 믿지 않는다 그의 「영혼」은 나의 영혼과 매우 흡사하다 그가 나의 영혼을 훔쳤기에

그리고 지금
내 방 안에 놓인
다 끝난 기행문과
장물처럼 놓인
소책자와
선생의 영혼

어떻게 빠져나왔냐고 묻지 않았다 그에게서 구겨진 자국 같은 건 보이지 않았으므로 선생의 영혼은 나보다 어려 보인다 어떤 손길도 남아 있지 않은데

이제 그만
제 영혼을 돌려주세요

그가 내게 말하고 나는 가만히 그를 들여다본다 다 끝난 기행문 옆으로 소책자는 여전히 펼쳐져 있다 아직 끝난 게 없어서 나는 선생의 탄생 이백주년을 떠올린다 그것은 벌써 지나간 일 같다 선생의 영혼이 내 방 안에 있으니 그곳에는 선생이 없고 선생의 영혼이 없고

내가 있을지도

모른다

일어나지 않을 일 속에서

나는 미술관을 몰래 빠져나왔다 집에 돌아와 밀린 방학
숙제를 끝냈다 방학이 시작되기 전에 소책자는 아직 백지다
소책자는 늘 입구 앞에 가지런히 놓여 있다

재건축

고급 호텔 냄새가 났다
상담실을 빠져나오는 복도였다

선생님은 다 안다는 얼굴로 나를 보았는데
든 것 없는 주머니에 손만 건넸지

집에 돌아와 비누를 썼다 손이 닿는 곳에만 손을 뻗었다
건강한 몸에 건강한 정신이 깃든다길래

세수하며 만질 수 있는 건
고작 내 얼굴인데

입고 온 옷을 그대로 세탁기에 넣었다 깨끗해지는 것은
너무 쉬워서 내가 하지 않아도 될 일이었는데

할 일을 하고 나니
몸이 사라졌다
비누처럼

나는 고급 호텔에 남는다 고급 호텔에 가본 적은 없지만
비누는 있겠지 지금 내게서 선생님과 같은 비누 향이 나고

　고작 이것밖에 안 됐습니다
　실망해주세요 저를

　선생님을 볼 낯이 없어서
　세탁기는 돌아가고
　나는 건강해진다

　창밖의 사람들이 집을 무너뜨린다 이곳에 새로 아파트 단
지가 들어선다고 몇년째 그 소리만 들었지 선생님은 복도에
남아 바닥이 말라가는 걸 본다

일인극 튜토리얼

최다영

왜냐하면,으로 시작하는 글을 떠올려보자. 물론 이는 해명될 인과보다 해명이 먼저 제시되고 있으므로 모순이다. 그런데 이 시집에는 결과와 분리되어 존재하는 원인이나 혼자 덩그러니 남겨진 해명이 빈번히 발견된다. 여기에는 세 가지 이유가 있다. (1) 최신 데이터와 이전에 저장된 데이터를 동시에 관조하는 다초점이 도입되고 있다. (2) 연결어미의 의도적인 오류를 통해 인과 조작이 시도되고 있다. (3) 입력값 누락에 의한 환유적 대치의 연쇄가 시를 추동하고 있다. 이러한 전략들은 한편의 시에 복합적으로 동원되면서 내적 논리를 중층화하고 낯선 효과를 창출하는 데 효율적으로 기여하는 것처럼 보인다.

한편 이 시집에서 간혹 화자의 행동이 일인극처럼 느껴지는 이유는 이들이 선언이나 가정, 갑작스러운 상황 환기의 언술을 명령어처럼 먼저 제시받은 후, 주어진 최소한의 소품들을 활용하여 그에 부합하는 최대치의 연기를 스스로 수행하면서 극을 연출하는 것처럼 보이기 때문이다. 그렇다면 이러한 작법과 제스처의 축적이 자연스럽게 기울어지는 시의식의 근원은 무엇일까.

1. 키메라 아이(chimera-eye)

먼저 다초점이 활용되는 양상부터 살펴보자. 일러두자면, 여기서 다초점은 단순히 타인이 "바라보는 나를 바라보"(「소화」)는 외부 관찰자로서의 '나'의 시선을 가리키지 않는다. 그러한 이중화된 시선은 이미 동시대 시에서 보편적인 응시 방식이 되었다. 어딜 가든 '나'를 지켜보는 외부 관찰자의 "검은 렌즈"(「놓고 온 기분」)에 대한 의식과 감각이 체화된 시대이기 때문이다. 여기서 주목하고자 하는 다초점의 유형은 다시 세가지로 분화되거나 심화된다.

① 시간의 진행을 선형적으로 상정하지 않고 세밀한 구간으로 분절한 다음 각 구간의 순서를 무작위로 재배치하거나 동시에 겹쳐서 제시한다. 가령 「커피는 검다」에서 "나는 자고 있으므로"라는 진술이 "잠이 오지 않아서"라는 진술과 양립할 수 있는 연유도 여기에 기인한다. 또한 「직물과 작물」에서 "외출복을 입은 동안 외출복을 입지 않은 내가 밖

으로 나가고"라는 진술이 가능한 것도 잘게 분할된 '나'의 타임라인을 순차적으로 잇지 않고 잘라놓은 구간을 앞으로 당겨 와 겹쳐놓았기 때문이라 할 수 있다.

② 과거의 특정한 구간에 시점을 고정해놓고서 '나'와 그 순간으로부터 분화된 '나+n'들을 계속 더해간다. A라는 잠정적 원본의 '나'가 있으면 'A+n'만큼의 '나'들이 무한히 증식하면서 '나'의 데이터 기록을 축적해나가는 것이다. 매분 매초의 행동이 즉각적으로 자동 저장되듯 말이다. 이렇듯 증식 양상에 따라 행동의 변화가 필연적으로 수반되는 복수의 '나'를 동시에 감각한다.

가령 「없는 게 없는」에서 '나'는 무인 매장에 간다. 이때 매장 안에서 밖으로 나가는 '나'의 시선과 "창밖으로" 무인 매장을 보는 '나'의 시선이 중첩되어 존재한다. "누가 나를 다녀갔을까" 묻는 화자의 혼잣말을 통해, 후자의 시선은 무인 매장에 들어가 무인 매장의 일부가 된 '나'를 경과된 시점(이자 최신의 시점)에서 바라보는 '나+n'의 시선임을 알 수 있다.* 매장 안에 있던 과거의 '나'의 잔상 혹은 과거의 데이터 저장분까지를 함께 보는 것이다.** 즉, 저장된 백업 데이

---

* '나'가 아닌 제삼자의 시선도 여기 드리워져 있는데, "카메라 너머로" 보고 있는 "사장님"의 시선이다.
** 그런가 하면 정체성을 분할하여 '나'가 동시적으로 존재하는 또다른 양상을 구성하기도 한다. 「무림의 은둔 고수 나 김정배」에서 '나'는 "무림의 은둔 고수/나/김정배"라는 세개의 정체성

터와 최신의 저장 데이터를 동시에 복기하는 것이 다초점의 한 양상을 이룬다.

이를 잘 보여주는 사례가 「연습생」이다. 문신이 새겨지는 "그의 몸"은 '그'가 도안을 그려 온 "연습장"에 비유된다. "어제 그린 토끼는 없다"와 "내가 어제 그린 토끼를 그는 마음에 들어 했다"는 순서의 역전 이후에 이제는 없어진 토끼를 다시 그려야 하는 퀘스트가 "살려내봅시다"라는 '나'의 발화로 착수된다. "어제의 나는 들여다보았다"라는 진술은 "어제 그린 토끼"를 다시 보기 위해 어제 저장해둔 데이터를 불러온 것이라 할 수 있는데, 그러므로 "보이지[인식] 않아도 다 있으니까요[존재]"라는 말이 자연스럽게 성립한다. "보이지 않으니까 믿을 수 있어요"라는 언급에서 존재에 대한 믿음의 근거가 인식적 비가시성이 되는 이유이기도 하다.

③ 그런가 하면 저장해둔 백업 데이터로 되돌아가듯이, 진척된 최신 데이터를 리셋하고 과거의 특정 시점으로 다시 돌아가기도 한다. 경험했던 다른 가능성만큼의 기억을 저장하지 않고 잃기로 결정했기에 어리둥절한 '나'로 회귀하는 것이다. 가령 「비생산」에서 "내가 폐공장에 가본 적 있는 사람 같았다"라는 추정과 "나는 가끔 폐공장에 들르곤 했다"

으로 나뉘어서 각각의 정체성이 통합되었다가 분리되면서 존재한다. 검에 기습을 당한 뒤로는 "무림의 은둔 고수" 항이 소거되고 "유령 김정배"와 "시체 김정배"로 이원화가 이루어지면서 다시 '유령' '나' '김정배'가 된다.

라는 진술이 양립할 수 있는 건 폐공장에 들르던 과거의 기억을 잃고 다시 이전의 적은 축적분만큼의 '나'로 되돌려졌기 때문이다.

마트에서의 일화와 동물원에서의 일화가 부지불식간에 연결되는 「웃긴 게 뭔지 아세요」에서는 '몽키 바나나'라는, 상이한 두 공간을 잇는 키워드에 의해서 그러한 회귀가 선형적으로 전개되지 않고 채널을 건너뛰며 에피소드의 여러 가능성을 탐색하는 것이 가능해진다. "몽키 바나나 아세요?"는 채널을 변경하여 플레이를 재개할 때마다 맞닥뜨리는 튜토리얼 문구인 셈이다. 그리고 채널을 옮길 때마다 마트와 동물원은 버그가 걸리기라도 한 것처럼 각각의 맵(map) 안의 지형지물과 소품과 감각이 마구 뒤섞인다. 첫번째 채널의 동물원에는 "우리 안에 동물이 한마리도 없었"는데 마지막 채널에서는 돌연 "우리 밖에 침팬지가 나와 있다". "거름 냄새"—"시체 썩은 내"—"바나나[몸] 냄새"로 이어지는, 감각적 유사성과 형질적 동형성에서 촉발된 연상의 연쇄도 공간을 자유롭게 넘나든다.

데이터 백업과 복구가 일상이 된 지 반세기에 가깝다. 다초점은 이미 현실의 가장 완벽한 반영이다. 굳이 게임에 한정하지 않더라도 사소하게는 클립보드나 문서 작성 프로그램 등 데이터 저장 장치를 활용한 리셋과 다중적 관점, 이러한 유용성을 전제한 상상은 자연스럽게 체화될 수밖에 없는 것이다. ①과 ②가 복합적으로 사용된 「⬚⬚⬚⬚⬚⬚⬚⬚」는 시집 첫머리에 놓임으로써 이 시집을 전개하는 중요한 시적 전략을 예고한다.

    손 앞에 종이 상자가 있다 어제는 종이 상자가 필요했
  는데 종이 상자는 이만원 이상 무료 배송이었다 어제 종
  이 상자를 주문했는데 종이 상자는 아직 오지 않았다

    손 앞에 종이 상자가 있다

                                          —「   」 전문

    시를 구성하는 네 문장, 여섯 절은 각각 다른 시점을 대표
한다. 현재 시점이 맨 앞과 뒤에 배치되어 있고, "아직 오지
않"은 상자를 기다리는 장면이 그보다 뒤에 놓인다. 그리하
여 필요를 느끼는 시점, 배송 정보를 확인하는 시점, 주문하
는 시점, 기다리는 시점, 상자가 생기게 된 시점 들이 각각
조각난 채 자유롭게 연결된다.

2. 실재의 등가교환과 조작된 인과

    그런데 「   」에서 "않았다"와 "있다"가 곧바로
연결되는 모습은 상반되는 의미항 간의 독특한 맞부딪침을
의도하는 이 시집의 또다른 특징이기도 하다. 상반되는 태

도 혹은 언술,* '하다'와 '않다'라는 행위와 비행위의 맞대응 또한 두드러지지만 무엇보다도 '있음'과 '없음'이라는, 언술의 층위에서 '존재'와 '존재의 부재'가 맞부딪치는 구도가 자주 그려지는 점에 주목할 필요가 있다.

가령 "지옥은 어디에나 있지만/어디에는 없고"(「나는 내일부터」), "칼로리가 없다/맛있는데"(「다회용」) 등은 '있다'나 '없다'라는 과잉을 상쇄하기라도 하려는 듯 그 벌충분으로서 '없다'와 '있다'를 곧바로 도입하고 있어 존재적 상태의 평형을 맞추려는 것처럼 보인다. 이는 공백의 몫인 "빈자리가 조금 많"아지도록 "속이 조금 비어 있"(「소재지」)으면서도 완전히 비어 있지는 않은 상태가 존재를 성립시킨다는 이 시집 특유의 인식과도 맞닿아 있다.

그리고 또 하나 이 평형 유지의 배경이라 할 수 있는 건 "부정해야만" "실재할 수 있다"(「무림의 은둔 고수 나 김정배」)는 것이 이 세계의 법칙이기도 하다는 점이다. 이를 거꾸로 뒤집어보면, (무언가가) 실재하려면 (무언가를) 부정해야

---

* 「유원지」는 바로 앞의 생각을 배반하는 듯한 서술어를 서두에 돌출시킴으로써 상이한 태도들이 의도적으로 맞붙어 있는 것처럼 보이게 한다. "빡빡"해서 "몸에 잘 맞지 않"는 기구의 속성은 몸이 "마음에 들지 않는" 영혼의 사정과 대응된다. 그런데 이 관형어에 바로 "안전했다"가 이어지면서 "몸처럼//안전했다"를 성립시키는데, 이는 기구와 몸을 동시에 긍정하는 효과를 발생시킨다.

한다는 등가교환의 의미가 되기도 할 것이다.

그런가 하면 아래 시는 이러한 법칙에 기인해 '없음'과 '않음'의 무한 연쇄를 축적함으로써 풍경의 출현을 예비하는 주술처럼 읽힌다.

커피는 검다 안이 보이지 않는다 개미가 날아다닌다 보이지 않는다 개미는 검다 커피를 마신다 잠이 오지 않아서 창밖은 검다 잠긴 핸드폰 화면 속 '잘 자'라는 문자에 답하지 않는다 들여다보지 않는다 나는 자고 있으므로

(⋯)

밤이 보이지 않는다 방은 검다 바닥이 보이지 않는다 거기 개미가 날아다닌다 커피를 휘젓듯이 검은 화면을 두드린다 '잘 자'라는 문자가 오지 않는다 내 위로 개미가 쏟아진다 창이 보이지 않는다 창밖은 검다
───「커피는 검다」 부분

주로 단문의 평서문으로 진행되는 위 명제들의 주어나 목적어, 서술어에 약식으로 기호를 붙여본다면 "커피는 검다"에서 "창밖은 검다"까지를 Aa ─ Bb ─ Cc ─ (C)b ─ Ca ─ Ad ─ Da로 표기할 수 있을 것이다. 일종의 규칙을 형성하면서 핵심 키워드의 짝패를 바꿔 끼우는 것인데, 이

때 가시성을 차단하는 '검음'의 속성으로 인해 보이지 '않음'이 발생하고, 이 속성과 효과는 각각 '커피-커피 안', '창-창밖'에 동일하게 대응한다.

그런데 특이한 점은 "창밖은 검다"는 현상이 "잠이 오지 않아서"라는 '나'의 상태에 의한 결과로 제시된다는 점이다. 그러나 이는 감각의 인식적 차원에서 자명한 사실을 그저 있는 그대로 서술한 것에 지나지 않는다. 잠에 들지 않아서, 자는 동안 건너뛰어 마땅한 밤의 구간이 삭제되지 못하고 유지되기 때문이다. 마찬가지로 "눈을 떴을 때 창밖의 공사장은 다시 채워져 있었다"라는 진술 역시 공사장 자체는 변화하지 않았으나 밤과 낮에 다르게 작용하는 가시적 능력의 변별성으로 달리 보이게 된 현상 자체에 대한 서술이라 할 수 있다. "출구가/생기고 없어지길 반복하는"(「나는 내일부터」) 것 또한 인파에 밀려 지하철 출구를 확인할 수 없는 상황에 대한 정직한 서술인 셈이다.

한편 "자연사박물관 밖에는 자연이 있고/자연사박물관 밖에는 아무것도 없다"(「박물과 나」)처럼 논리적으로 모순된 문장이 다초점을 반영하며 '있음'-'없음'의 한 양상으로 등장하기도 한다. 그런데 이 시에서 주목되는 건 「커피는 검다」에서처럼 "거기는 24시간이라서/나는 자연사박물관 밖이다"에서 보듯 인과가 성립하지 않는 두 절이 인과로 연결되고 있다는 점이다. 그러나 이 시의 경우 오로지 연결어미 '-라서'의 기능적 역할을 상기시킴으로써 모종의 인과가 있는 것 같은 착시를 유도하는 것이다.*

그런가 하면 "나도 여기 있고 싶었는데 들어가면 영영 빠져나오지 못할 것 같아서 나는 아직 여기구나"(「아직 여기」)는 몇차례의 전환점을 거쳐 동어반복으로 종착한다. 이 문장은 의문투성이이다. "여기 있고 싶"다는 정착에 대한 희망이 "들어가면"이라는 가정을 추동할 수 없고, 탈출 불가를 의심하는 추정이 "나는 아직 여기"라는 제 위치의 환기를 설명해주는 원인이 되지 못하기 때문이다.

이는 이 시집의 또다른 시적 전략으로서 인과 조작의 원리를 보여준다고 할 수 있는데, 이러한 인과 조작 방식이 전체 시 세계를 추동하는 가장 중요한 원리로 기능한다.

3. 입력값 조작에 의한 환유적 대치의 연쇄

이 시집에서 환유적 대치가 연쇄적으로 이어지는 양상은 크게 두가지로 나누어 볼 수 있는데, 사물의 인접성과 언어의 인접성이다. 특히 후자의 특이성에 주목하지 않을 수 없는데, ① 음소의 대치와 ② 입력된 값에서 음절 한두개를 누

---

* "아직 끝난 게 없어서 나는 선생의 탄생 이백주년을 떠올린다"
(「나의 소책자 속 영혼」), "선생님을 볼 낯이 없어서/세탁기는
돌아가고/나는 건강해진다"(「재건축」) 등에서도 연결어미가 같
은 원리로 사용되었다.

락하거나 덧붙이는 오류가 의미의 양립을 가능하게 하면서
새로운 상상력이 틈입할 촉매가 되기 때문이다.

다시 ①의 경우 「부활 금지」에서 인접성에 기반한 환유
의 대치가 음소 층위에서 이루어지다가 존재의 대치로도 나
타나는 양상을 볼 수 있다. 반려동물 '동'의 장례를 치른 뒤
'나'는 '동'의 영혼이 담겨 있다는 돌을 받게 되는데, 그로
인해 '동'과 '나'의 존재가 뒤바뀐 꿈을 꾼다. "내가 나의 꿈
을 꿨는지 동의 꿈을 꿨는지//돌의 꿈을 꿨는지" 모르게 되
는 것이다. 또 "돌을 물어 오곤" 하던 '동'의 속성은 '동'이
돌이 됨으로써 돌에 전이되고, 그러다가 "내가 돌이 돼버린"
다. 이때 "동이 나를 움켜쥔 채 놓아주지 않는" 모습은 표면
적으로는 '돌'이자 '동'인 '나'를 '동'이 꽉 움켜쥔 것을 말
하지만, 실은 '동'의 죽음을 인정하고 싶지 않은 '나'의 깊은
슬픔을 가리킨다.

그런가 하면 ②의 전략에 의해 "놀이기구를 벗어나려"
던 몸은 "놀이[기구]를 벗어나지 못한 몸"(「유원지」)이 되고,
"지옥[철]은 어디에나 있"(「나는 내일부터」)는 것이 된다. 이
러한 환유 놀이는 두 유형의 인접성을 모두 활용하는 「유니
폼」에서 더욱 효과적으로 수행된다.

아주 자연스러운 옷이다 이 옷은 겨울옷도 되고 여름옷
도 된다 계절은 순환되고 유니폼은 반복된다 매일 입는
이것은 이제 나 같다 유니폼 바깥의 나는 나 같지 않다

나는 유니폼을 입는다 유니폼이 내게 어울린다 나는 겨
울에도 있고 여름에도 있다 유니폼 안에서 자유롭다 울타
리 안에서 양을 모는 목양견 같은 그림이다

목양견은 그림을 벗어나지 않고 울타리를 벗어나지 않
고 끝내 목양견을 벗어난다 나는 벗어나지 않는다

(……)

나는 유니폼을 입는다 유니폼 안에서 나는 유일하다 유
니폼은 일정하고 내게 자연스럽기에

―「유니폼」 부분

몸에 대한 사유와 옷에 대한 묘사, '내가 입은 것'이 '내'
가 되는 양상*이 빈번한 이 시집에서 「유니폼」이 차지하는
위상은 가볍지 않다. 이 시에는 거리를 두고 '나'를 관조하
는 또다른 '나'의 시선이 드리워져 있다. 유니폼과 한 몸이

---

* 이는 「코끼리 코에 달린 코끼리」에서도 나타난다. "코끼리 코 끝
났을 때 나는 아무것도 걸치지 않은 나를 보았다"라는 언급은 잠
바에게 "잠바가 걸칠 풍경"을 빼앗김으로써 절반만큼의 '나'를
잃었음을 암시한다. 입는 것의 안이 비어 있는 양상은 "가볍기
위해 존재"(「소재지」)하는 종이 상자에서도 발견된다.

되어 자연스러운 "풍경"을 이루던 '나'의 모습은 입력값의 과잉으로 인해 "풍경화"로의 연상으로 이어진다. 또 "겨울옷"과 "여름옷"에서 '옷'이 누락되자 '내'가 안에 들어가 있게 되는 공간은 유니폼에서 곧장 "겨울"과 "여름"으로 도약한다. 뒤이어 유니폼을 입은 '나'를 바라보던 시선은 유니폼이라는 초원 안에 있는 '나'를 관찰하는 시선으로 변화한다. 1연에서 "풍경화처럼 보기 편한 그림"이던 것이 3연에서는 '처럼'을 건너뛴, "울타리 안에서 양을 모는 목양견"이 등장하는 풍경화 자체가 된 것이다. 그리고 4연에서 "나는 벗어나지 않는다"를 기점으로 다시 전환이 발생하는데, 이때 '나는'은 목양견이 벗어날 목적어로도, 유니폼을 목적어로 상정한 주어로도 읽힐 중의적 여지가 있어 이어지는 문장들의 복수적 지위를 가능하게 한다. 환유적 대치의 연쇄로 인해 유니폼의 풍경 안으로 소급해 들어간 '나'는 목양견이자 유니폼이자 유니폼 안의 목양견이기 때문이다.

마찬가지로 「수원지」에서 주목되는 건 "나무가 있고 다행히 나무를 둘러보는 사람은 없구나"라는 '있음'-'없음'의 등가교환만은 아니다. "나무를 만진 적은 없는데 나무를 내려놓고"라는 진술의 모순은 '(향) 핸드크림'이라는 생략된 정보값을 채워 넣으면 해소된다. 그리고 (우드향) 핸드크림을 바르는 일 ― "나무를 쓰다듬는" 일 ― "오른손에 나무를 심"는 일이 인접 행위의 경과로 이어지다가 자연스레 대치 가능한 동일 행위가 된다. "핸드크림을 너무 많이" 발라서 나무가 된 오른손은 "점차 울창한 숲이 되어"가는데, 손바닥에서 자라난 이 숲은 아예 '나'를 대신하기에 이르러 "나무를 묻"는 상상이 "나를 묻"는 일에 비견된다. "사람 냄새를 맡은 나무"는 "녹지 관리인"을 일컫는 것이지만 '나'로 읽어도 문맥상의 오류는 발생하지 않는다.

한편 「많은 나의 거북이」에서 근거가 비워진 "이제 나는 오래 살아야 해"라는 선언은 문장성분 중 '거북이보다'가 누락됨으로써 성립한다. 문장성분을 생략함으로써 거북이를 길러야 '내'가 오래 사는 것처럼 보이도록 하는 것이다. "나보다 거북이가 더 살면 안 되니까" 이미 나이를 꽤 먹은 거북이를 입양해서 거북이가 자기보다 더 살지 않도록 의도하는데, 선언의 시작에서부터 현실로 구축된 이 연극적 수행은 내내 생각에 불과하며 정작 그 첫머리에 놓였어야 할 입양은 마지막까지 지연되고 입양하기로 한 거북이 '희수'는 '아직' 존재하지 않는 상태로 남는다.

뒤이어 "나보다 많아서 나의 부모 같은 종이 상자" 역시 비교의 내용에 해당하는 부분이 생략되어 있는데, 물론 '수량'이 많다는 의미이겠지만 그보다 앞에서 생략되었던 것이 '나이'였으므로 그 성분의 잔여로 인해 "부모 같은"이 성립하게 된다. 그리고 '같은'이 다시 누락되면서 '나의 부모 종이 상자'를 성립시키는데, 그리하여 거리의 종이 상자들은 아예 '부모'로 대치된다("골목에는 부모가 나보다 많아"). 또한 곧바로 이어지는 "부모는 아껴야 한다고 들었다"라는 진술에서 '부모'는 부모와 종이 상자 모두에 해당하게 된다. 순차적인 누락이 환유적 동일시를 추동하는 것이다.

입양도 하기 전인 거북이에게 이름을 지어주고 그 이름을 호명하던 것과 마찬가지로, 「보얀 크르키치의 잠재력」에서 화자는 감자에 '보얀 크르키치'라는 이름을 붙인다. "보얀 크르키치가 오기 전까지/이 감자를 보얀 크르키치라고 하겠다"라는 선언에서부터 시가 만들어지기 시작한다. 그런데 보얀 크르키치는 저만의 서사를 가진 실존 인물이라는 점에서 선언 이후를 독특한 양상으로 이끌어간다. 현 시점 이미 선수 커리어를 종료한 보얀 크르키치의 "앞으로 더 자"라고 "기대받을" 과거 유망주 시절이 '감자 보얀 크르키치'에 부여되어 '선수 보얀 크르키치'가 이미 누적한 커리어를 이행해갈 것에 대한 기대감이 또한 부여되기 때문이다.

이때 감자 보얀 크르키치를 바라보는 '나'는 선수 보얀 크르키치의 선수 시절에 대한 기억분을 리셋하고 그의 유망주 시절로 초점을 되돌린 '나'와 현 시점에서 선수 보얀 크르키치의 커리어가 종료된 것과 그간의 행적들을 모두 기억하는 '나'로 분화되어 존재한다. "역대 최고가 될 것이다"라는 진술만으로는 그것이 기대감인지 (결말을 아는 것에서 비롯된) 예언인지 구별되지 않는다.

한편 이 감자 보얀 크르키치는 '그'에게 선물 받은 것으로서 "그를 떠나서 그보다 먼저 내게 온 그"가 된다. '그'——감자——보얀 크르키치로 이어지던 각각 다른 환유적 연상의 연결고리*는 아예 셋을 동일한 것으로 묶어버린 것이다. 일인극에 동원되어 다중의 역할을 부여받는 정물 중에서도 크르키치 감자가 단연 돋보이는 셈이다.

4. 연극 같은 애도, 애도 같은 연극

그런데 환유로 이어지다가 개별성이 소거되어 하나의 풍경으로 자연스럽게 묶이는 일은 수록된 대부분의 시에서 은연중에 감지되는 '나'의 가장 중요한 바람이기도 하다. 화자들은 특히 '나무'로 대표되는 식물이 되고자 하는데, 이들에게 식물은 "애쓰지 않아도 될 거 같"은 상태로 여겨진다. 이들의 식물 지향은 "이제 마음도 힘도 없기로/마음먹었"(「딴짓을 하자」)다는 다짐에서 암시되듯 "어디에나//너무 많"은 다른 나무들과 함께 "흔한 풍경"(「너무 많은 나무」)을 구성하는 일부가 되기 위함으로 보인다.

'나'의 몸을 벗어나려는 영혼과 놀이기구를 벗어나려는 몸이라는 「유원지」의 중첩된 구도가 대표하듯 이는 무엇보다도 몸을 탈피하고자 하는 마음과 긴밀히 이어진다. 그러

---

* '그'에서 감자로의 연상의 이동은 그가 감자를 선물했다는 인접성에 기반하며, 감자에서 보얀 크르키치로의 연상의 비약은 "감자라테"를 만드는 보얀 크르키치의 "고향"에 대한 연상을 함의한다.

나 한편으로 정물과 식물에 대한 서술은 죽은 이들이 등장하는 시에서 빈번히 나타나면서 애도를 대신하기도 한다는 점을 또한 살펴볼 필요가 있다.

　저수지에 개 하나 놓여 있다
　트루먼이 연기하는 것이다

　어두운 관객석 사람들 웅성거린다 너는 지루한 듯 턱을 괸다 우리는 지정석에 앉았고 집에는 우리를 기다리는 개가 있고 모든 건 가까스로 완벽하다

　(…)

　트루먼은 알고 있겠지
　트루먼만이 우리를 볼 수 있으니까
　저수지를 바라보는 트루먼이
　점차 우리를 바라보게 될 때

　암전
　총소리
　개의 신음

　무대 위에 트루먼

트루먼을 관통한 트루먼
사라진 어둠을 끌어안은 채
쓰러지는 것

——「저수지의 목록」 부분

　이 시에서는 '외할머니'의 장례 장면이 '우리'의 연극 관람 장면과 교차된다. "흰 가루"가 되어 "가로수 아래" 묻힌 외할머니는 가로수로 존재를 옮겨 간다. 장례 의례는 필연적으로 연극의 수행이겠지만, "외가 사람들"을 포함해 다소 무성의한 배우들은 이 장례가 작위적인 것처럼 느껴지게 한다. 장면이 전환되고 극장 근처의 강인지 호수인지는 외할머니가 묻힌 곳이자 나무로서 "밟고/서 있는" 저수지인지 강인지를 떠올리게 한다. 무대 위의 개 연기자 '트루먼'은 관객석을 "저수지"라 상정하고 관객석을 보면서 연기를 하고 있는데, 어느 순간 그 초점이 장례를 치른 이들에게서 죽음이라는 기호와의 인접성을 알아보기라도 하듯 '우리'에게로 맞춰지는 걸 '나'는 느낀다. "관객석의 어둠은 지나치게 깊"어서 저수지의 어둠과 동일시되면서 '내'가 매장된 것과 같은 기분을 느끼게 한다. 어둠 속에서 "껌뻑"이는 트루먼의 눈 '빛'은 죽음을 응시하는 "무서운 빛"이다. "총소리"와 함께 연극이 종료되면서 무대 위의 개-트루먼은 "사라진 어둠을 끌어안은 채/쓰러지는"데, 이때 트루먼이 모든 어둠을 빨아들였기에 '나'는 극장의 불이 다시 켜지는 인과를 감각한다.

그런데 트루먼의 일인극을 '나'의 감정이 투사된 대리 애도의 매개체로 볼 수 있다면, 그가 자신이 응시한 죽음을 끌어안고 죽음으로써 사라졌던 빛이 복원되는 지극히 연극적인 제의는 그 자체로 진실이다. 이러한 극장에서의 가상 제의를 통해 이 세계관의 독특한 애도가 완수된다. "극장을 빠져나와 우린/밝은 무대 위를 걷는다"는 마지막 행은 다른 이의 연기를 지켜보고 난 뒤 그들도 연기라는 일상으로 복귀했음을 암시한다. 각자의 삶이라는 일인극을 이행하기 위해.

崔賙映 | 문학평론가

이제는 그만둬야겠지

나를 그만둘 수 없다는 것을

2024년 3월

한재범

창비시선 499

웃긴 게 뭔지 아세요

초판 1쇄 발행 / 2024년 3월 15일

지은이 / 한재범
펴낸이 / 염종선
책임편집 / 한예진 박문수
조판 / 박지현
펴낸곳 / (주)창비
등록 / 1986년 8월 5일 제85호
주소 / 10881 경기도 파주시 회동길 184
전화 / 031-955-3333
팩시밀리 / 영업 031-955-3399 편집 031-955-3400
홈페이지 / www.changbi.com
전자우편 / lit@changbi.com

ⓒ 한재범 2024
ISBN 978-89-364-2499-2 03810